墳墓記

高村薫

新潮社

墳墓記

1

いくつもの透明な管を伝わってくる機械の振動や唸りと、動き回る人の気配のかすかな空気の圧力と、そうと分からないほどの短い話し声などがあたりに半透明の膜を張る下で、男は長い長い夢を見る。

初めに、どこかで冬の雨に打たれたか、凍った川に落ちたか、男は衣服ごと濡れそぼち、そのまま冷たさを肌に張りつけて、気がつけば自身が北極の上空二千メートルに居座る寒気となっていた。いや正確に言えば、一方では無数の矢が飛び交うどこかの戦場や、暗夜に連なる野辺送りの松明、あるいは流れ幡《ばた》を翻して野をゆく天皇の棺や、山の上で独りそれを見送る何者かの蓑笠——その下にあるはずの顔は見えない——など、いつの世とも知れぬ記憶の断片が、天空を横切る彗星のように千分の一秒の単位で瞬いては消えることもあったのだが、男は何かを見たという以上のことは覚えていない。それからどれほどの時間が経った後のことか、男は上下も左右もない、明るさも暗さもない、音もない虚空へと移り、ぴくりとも動かない何かの塊と化した。

どこからともなく、私は――と、ひと息の意思の切れ端が洩れだし、自分からこぼれ出たものだという思いにも至らぬまま、男は身じろぎもせず中空にぶら下がり続ける。いや、ぶら下がっているのではなく、丸まっているのかもしれない。胎児。地中の蟬の幼虫。アンモナイト。あるいは高松塚古墳の石室に描かれた四神図の玄武。丸まるといえば、座棺に納められた死者もそうだ。さらには、墓掘り人夫が十分な大きさの穴を掘らなかったために、二つ折りにされた死者たちも。みな深く屈ませられ、丸まり、冷え切って固まる。もう上下もなく光もなく、音もないが、仮に何かがあったとしても、すでにそれを知覚する器官や神経の働きが停止した死者の与かり知らないことだろう。しかし、薄皮一枚でまだ生につながっている男はその限りではないかもしれない。

鉱物のようなべたりとした冷気がある。それから、丸まった何かになっているという感覚がまたひとひら、意識というほどのかたちもないまま浮かび、流れ去った。しかし、ほんとうに丸まっているのだろうか。確かめようにも動くべき身体そのものがあるようには感じられず、なにがしかの物思い未満の片々《へんぺん》がうっすらと漂うばかりで、男は自分がかたちもない意識だけのガスになっているらしいことを知る。かすかな体積と薄い密度と、空気よりわずかに重い比重をもち、そのへんにぶら下がっているか、丸まっているかしている靄のかたまり。さらに言えば、内部に何かの運動エネルギーを溜めてかすかにひりひりと震えており、先ほど私は——と洩らしたのもそれだったようだ。

その震えが胎動のようにガスを揺らし、一つまた一つなにがしかの起伏をつくってゆくにつれて、わずかに光らしきものが現れてあたりに紗《しゃ》がかかり、数秒、明暗がゆるやかに踊り始めることもあった。それが消えると、今度は振動するガスが波動になり、重なり合い、共振して、聞こえるか聞こえないかというほどの音圧になって広がり伝わってゆく。そうか、ここはなにがしかの空間ではあるらしいと男は一つ確信する。

では、広さは？　深度は？　移動はできるのか、できないのか。男は存在しない身体を伸ばそうと試み、しばし虚しくもがくうちに、そういえば高松塚の玄武の姿勢は股覗きの姿勢だと思いだす。そうだ、丸まっている者にはいざとなればこの手がある、と。股の間から海を覗き見れば幽霊船が見え、幼児が股覗きをすれば未だ生まれていない未来の子どもが見えるといった昔語りを能楽師の祖父に聞いたのは、ずいぶん昔のことだ。炉端に子どもらを集め、煙管のけむりに噎《む》せた切れ切れの嗄《しゃが》れ声で毎夜語りだされる怪談のどこかにそれはあった。傍らで縫い物をする母が含み笑いをし、襖越しに書院で書きものをする父の不機嫌そうな咳払いが聞こえる冬の夜長の、奇想のゆりかごの隠微さよ。

男は思いがけず胸がつぶれるような一瞬の懐かしさに押しやられ、次の瞬間にはまた別の光景が浮かび、駆け去ってゆく。若いころ、夜ごと睡眠薬代わりにした『三州奇談』に氷見《ひみ》の唐《から》島《しま》の話があった。ある男が唐島に伝わる諺どおりに股覗きをすると、大きな旗を手に、女のような唐子《からこ》髷《まげ》と唐装束の異人が山から降りてきて、ハンメリ、ハンメリと云う。驚いて手に持つ旗を見れば、ハシリ何やらと薬の名が書きつけてあり、扨《さて》は薬売殿にてありしと初めて知りしが、時しも此内股より覗くところへ来かかりしは、渠《かれ》もまた応の遁《のが》れざることありしにやと、をかしく帰りしぞ云々。それはそうだ、富山といえば薬売り。それにしても、ハンメリとはいったい何か。男はいまだに真相を知らない。

そうしてなぜか原色に近い色付きの、花札のような記憶の切れ端がひるがえった後、一抹の懐かしさの名残は身に留める間もなく何かのずしりとした無念へと移ろい、祖父の顔は二つの眼窩の窪みが昏い穴と化した死の床のそれになって新たに現れる。祖父の首には白い晒《さらし》が巻かれ、枕元には家族の名前が墨書された封書がある。父と姉、八歳の男、妹二人が黙然と坐し、先年病死した母の姿はそこにはない。男は精神を病んだ祖父が納屋で首を吊ったことは分かっているが、それ以上の事情は知らないまま、眼の前に横たわる死そのものを見下ろしている。獅《し》嚙《がみ》の面の眼窩よりさらに黒々とした穴が祖父の骸《むくろ》を吸い込み、二枚貝のようにゆっくり開いたり閉じたりする。男が口のなかでそっと呑み込んだなま唾が、音を立てて喉から腹の底へ走り下る。すると祖父の眼窩にも滝が落ち、深すぎて底の見えないその眼窩の下の滝つぼと、八歳の身体がつながって輪になる。ここで股覗きをしたら、上下あべこべになった世界で祖父は生き返るか、ろくろ首が見えるか。そんな想像を弄んだ子どもは通夜のあと、父親の勘気にふれて尻をぶたれ、昏い廊下で泣き叫んでいる。いや違う、泣いていたのではない。いつの日か訪れるだろう生家との訣別の高揚や畏れや、子どもらしくもない何かの諦念に突き上げられながら、男は嗚咽の下から噴き出すもう一つの笑い声を聴いていたのだ。誰もいない夜の廊下に吸い込まれるその声は確かに男のものだったが、実はもう一人の分身がそのへんにいたのではないか。いや、少なくとも、長い廊下の突き当りの壁に掛かっている獅嚙の面一枚に、一部始終を見られていたことだけは確かだ。

しかし、そんな情景が浮かんだのも、実際には瞬きするほどの短い時間だった。男は何か叫び狂っていたような感覚の名残だけをうちに留めたまま、今度は見たいもの、訪ねたい場所、聴きたい音などが山ほどあるような焦燥を覚え、存在しない眼や耳や鼻をうごめかせてガスに分け入ろうとする。そのわずかな波動が音圧になり、なにがしかのピッチや波形をもち、音になってさざ波のように広がってゆくそこは、一つひとつは聞き分けられない幾つもの話し声のプールだ。男が食うために四十年坐り続けた法廷の速記席に届き、その周りを回り続けるさまざまな声のプール。そこでは、どの声も一つひとつ遠心分離器にかけられたように言葉の意味が飛び散って音だけとなり、疎と密だけがある音の星雲の下で速記官はひたすら透明化する。数百数千の係争事案や被告や原告から切り離され、あえて意味がふるい落とされた物理的振動としての音韻の、四十年分の集合が生命をつくる原子の運動と同期し、男のいのちそのものとなる。いや、なっていたと言うべきか。仕事を離れたいまも、寝ても覚めても音のプールで溺れかけているような身体感覚はあるが、男はもうそれについて何かを思うということはない。人並みに家族を養い、子どもを育て上げた以上、いまごろあえて振り返らなければならない人生などはもうない。

事実、男は古稀を迎えたのを機に妻や姉妹、数多の親戚、勤め先の同僚や友人知人の一切と訣別して周囲を驚かせた。訣別は白寿の父を殺害するというかたちで実行し——いや、実際にはそういう夢を見たに留まり、出奔して数年後のある日自死を図ったが、それもまた未遂となっている。長年、裁判所と自宅を往復しながら日々往還してきた自分だけの夢想の回廊は、今日も繁盛しているだろうか。昨日そのどこかで逢った女はまだいるだろうか。夏の夕涼みか、前栽《せんざい》に面した縁側でわずかにうつむき、風呂上りの濡れた黒髪を指先でかき上げながらラクロに読みふける女は。そういえば定家の一首にある。かきやりしその黒髪の筋ごとにうち臥す程は面影ぞたつ、と。むっつり助平の歌詠みは、女の髪をなでる指に伝わるひやっとした冷たさに身悶えする己に感応し、八百年を経て男はその清冽な想像力の淫靡さに感応しながら、昨日も飽きもせずに女に見入った。そのとき男は確かに二十代に返っており、女の名前も、女が坐っていた猫の額ほどの前栽のある仕舞屋《しもたや》も覚えてはいるが、ありふれた一つの名前を与えることで生身に堕してしまうような気がするため、男はいつも女の名前を呼ばない。

さてまた、かきやりしその黒髪のと詠みけるその人、いづこともなく石積みの墓室に臥したる夢を見き。五臓へ骨へ、しん、しんと静けさが沁みとほる心地す。けだし氷に音あらましかば、かくあらまし。しばしおとなふものなき半闇に身をゆだねし間、然《さ》らぬ思ひは浮かびもせず。いまに至る少し前まで、上は眼尻の縁から、下は尻の穴まで身のくまぐまにひしめき、渦巻きし音もいまはなかりければ、正二位権中納言定家、つひぞ見知らぬ静けさに感じ入りけり。

然は言へ、かくて無音のときに興をそそられしも束の間、五十年にもならうかといふ歌詠み暮らしの習ひか、思はず耳が音を、声をぞ探りつる。あ――あが異《け》しき夢。あ――あまつかぜ――。然れば、ふきまよふゆふぐれの。ゆふぐれは――ころもですずし。さてまた、ころもですずし夜半《よは》の秋かぜ。あきかぜ。あきかぜぞ。あきこそあれ人はたづねぬ松の戸を。あきをへておなじかたみにのこる月かげ。月。あまのとの月のかよひぢ――。打ちおけばすずろに降り注ぎ、交じらふ声々の、さらさらはらはら賑々しきこと、真言の偈頌《げじゅ》に云ふ重重帝網《ぢゆうぢゆうたいまう》なる云々の、天部の禁中に張り巡らされし宝玉の網のやうにて現無《うつつ》しとも思ふらん。定家卿はこの三月、新勅撰和歌集千三百首あまりを帝に奏しけり。

但《ただ》しそれら声々も忽《たちま》ちに失せぬれば、またしんと静まる。つやつやと黒く濡れそぼつ石積みやある。しかれども眼は開くるとも閉づるともつかず、定家卿、我か人かにて訝りき。これは誰が墓か。いや、みまかりしはこの我か。いや、それも希代《きたい》なことと覚え、とりかへし何事ぞ出で来ると見入り、揺りゆくほどに、それ天武天皇大内山陵《おおうちやまのみささぎ》盗事《ぬすみしこと》かと覚え浮かびぬ。過日、自ら日記に書きすさびたるに、曰く群盗、墓室に押し入り、品々の金銀類を奪ひしあとには御骨、御白髪が散りし云々。天武の崩御は朱鳥一年なれば、御陵《みささぎ》では五百四十九年を経てなほ御《お》髪《ぐし》がかたちを留むるかと神妙を覚えけり。

　さても老いて夢見騒がし。ふるとしの暮れ、切り継ぎのままに返す返す万葉集を眺むるほどに、みよしののみみがのみねにと天武が詠み、時なくぞ雪は降りける、間なくぞ雨は降りけると詠みける、少々耳立つ音を口づから詠じては、ただあぢきなしを知りぬ。みよしののみみがのみねに。時なくぞ。間なくぞ。あるいはまた、よきひとの、よしとよくみて、よしといひしなど、ありし世の声の響きはそも如何《いかに》かと惑ひぬ。永らく飽きるほどに歌を詠み習ひける我にしても、昔人の声に暗きこと凄まじ、と。げに新古今の真名序にいふ、煙鬱《えんうつ》披き難《がた》し。いや、待て。これは夢ぞ。神上《かむあ》がりし天武になり代はるも面白からずやはある。いたづらになりて殯《もがり》の声々に弔はれ、山陵に葬られたふる人にしばしなり代はらん。その人が五臓や骨に籠もらせ、留めし声を聴かん。たとへば皇后の哭泣《こくきふ》の声。隼人らが魂振りの吠声。八日八夜の歌舞飲食《おんじき》の声。皇子や臣下が奏せし帝皇日継《ていわうのひつぎ》の誄《しのびごと》の声。それに曰く、天地《あめつち》初めてひらけしとき。八百万千万神《やほよろづちよろづのかみ》の神集《かむつど》ひ、集ひ座して云々。喉を震はし、曲をあやつり誄を奏せし朝臣《あそん》のなかには我の遠《とほ》つ祖《おや》の某もありけるらし。太き声。細き声。そこに飛鳥は檜隈《ひのくま》の山陵を吹きこす風や草の声。鳥の声。それらが墓室の棺の石に伝はり、低く響き合ふ声。あるいはまた、若かりし日に国見したる山河に立ち込めし声々と重なり、額田王《ぬかたのおほきみ》や五百重娘《いほへのいらつめ》を焦がるる声と響き合へば、かの人の五臓に如何なる音が生まれいづるや。

定家卿、いまは燻ゆるほどに息をつめ、枕を欹《そばだ》てて四方《よも》の気色《けしき》を聴かんとす。老い屈まりし身に新たなる力を得ればよし、得ざらんは老いの寝覚めの性と戯る。

それ、念彼観音力《ねんびくわんおんりき》と思しき音あり。いづれの御時にか、幾十の大臣公卿、女御更衣らの、しなじなの御送りに、数多の僧尼らが振りたてし観音経の諸声と覚ゆ。ねんぴい、ねんぴいと耳立つ音は土殿《つちどの》や殯宮に響《とよ》み、誄も御哭《みね》も押し流して天に翔ける。さりながらそれも幾十度打ち頻り、折り延《は》ふほどに和らぎ、ときに五月雨かとも思ふ。あまつさへ我がそれらに聞き入りし折はいつともなくなぞ立ち濡れ、浅沓《あさぐつ》の足寒かりけり。怪異なり。

さても、殷富門院《いんぷもんゐん》の御姿やある、されば後白河院崩御の御時か。いや、若き高倉院なるか。いや、後京極摂政殿か。彼らがわづらひし間、あるいは薨《みまか》りしときや御入棺のあとさきに、六条殿あるいは六波羅などに響きまさりし僧らの読経は霧となりて我らの耳に棲み、直衣《なほし》を薫き染め、消え敢へざりき。あるときはねんぴい、ねんぴい。あるときはまかぼだら、まにはんどま、じんばら云々の真言。それらが誘《いざな》ふ夢の心地のげに幽なるや。仰げばゆらりゆらり廂御車《ひさしおくるま》がゆき、車副《くるまぞひ》がゆく。炬火《かがりび》を掲げし北面の下﨟《げらふ》、素服《そふく》に藁沓《わらぐつ》の公卿ら、舎人《とねり》ら、見物の雑人《ざふにん》らがゆき、幾十の念仏僧らの列がゆく。その上に降りしく真言の諸声ぞ陰々たる。高倉院昇遐記《しようかき》に伝はるごとく、運ばるる御魂は雲とやなり雨とやなるのを給ぬらん。いや、いま見ゆる御送りの列は終はりなく、いつしか鳥辺野《とりべの》のかたへ続くめり。泣きかへる声、此方彼方のとぶらひの声、ねんぴい、ねんぴいの声は山をなし、峡《かひ》をなし、棚雲を越えゆく。さらにも云はず、かの葵の上の御送りは、そこら広き野に所もなしとや伝はらむ。左大臣も源氏の大将も悲しさのやるかたなく、涙ぞ薄墨衣の袖を淵となしける、と。

念彼観音力が云々、云々。思ひやるに、天武もその大后も皇子らも殯宮に鳴り充つこれを聞き、御耳立て、ありがたき言種《ことくさ》も聞き放ちて、ねんぴい、ねんぴいの四方に籠めたる間、ただ朦々とやせん。いや、在りし世に飛ぶ鳥の明日香の都にて聴きける観音経は、また異なる色にてありけむ。天武、かの香久山に登り立ち国見をしたりければ、大路を行く人、商ふ人、もの作る人、贄《にへ》など運ぶ人が行き交ひ、浄御原宮《きよみはらのみや》へ向かふ新羅《しらぎ》の使節が連ねけむ。冠の羅《うすもの》や綾などの珍らかなる装ひがあり、聴き馴らはぬ言の葉があり、路の辺の市の粳《うるち》、菜、須恵器、馬具、織物など、みな四方の賑はふ声々を纏ひ、きらきらしかりけるらし。そこにまた妙なる大鐘の音、ゆらゆら広がり轟くに、振り見たりければ自らが建立せし幾十の官寺の、目もあやなる青《あを》丹《に》の塔頭が立ち並び、他《あだ》し国の不可思議なる読経の声なむ、緩《ゆる》らかにねんぴい、ねんぴいと広がりけむ。さぞ晴れらかなる国家鎮護の響きにやありけむ。

いや、命を終ふる期《とき》に至ればそれも遠つ夢にて、ありがたき音もいまは無し。いたづらに捨てられ、とばしり、零し出でたるねんぴい、ねんぴいは有情非情の足元に立ち重ね、引きて返りしうちに石に沁み、土に沁み、地に返るか。されば世々に葬られし人、また知らずしてその土を踏む後世の人、みなそこはかとなき念誦の声を切れ切れに聴き、ある者は根の国の禍言《まがごと》か、遠つ国の呪《じゅ》かと思へて畏《かしこ》み、ある者は索々たる心地ぞする。かの大内山陵に押し入りし盗人らも、さもありぬべし。かたはら痛し。さりとては上古の世より、観音経は亡き魂を呼ばふ祝詞《のりと》のやうにてはなはだ物憂し。

2

丸く屈んだ男の股の向こうに上下逆さまになって延びる回廊に、一つまた一つ現れては流れ去るものは、どこからか浮かんでくるというより、むしろ男自身の体内から一刻一刻絞り出されるのかもしれない。男は一つ薄い息を吐く。おぼろにゆっくりと揺れる羽のようなものが、ふいに薄い影絵になる。巨大なトンボの翅《はね》。西洋の貴婦人の扇。あるいは神職の頭に載っている黒い冠から垂れる纓《えい》。ゆらり、ゆらり音もなく揺れるそれは、なにがしかの空間を刻む振子になり、手招きをする何者かの手になり、耳をすませばいまもまた、ふつふつと沸く湯けむりのような声のプールが現れる。暮れ方のように昏く、揺れる羽のほかにかたちあるものはないが、いくつもの人声がふわふわと湧きだしては消え、そこから一筋の何かの朗詠の声が立ち上がっては消え、笑い声が短いなだれになる。

疎と密がつくるその深い谷の虚ろさは、音楽会や芝居の、公演前の舞台の裏側の感じだろうか。子どものピアノの発表会。妻が所属していた合唱団のコンサート。会社の上司に切符を押しつけられた薪能や雅楽の公演。つき合っていた女に誘われて行ったジョルジュ・ドンのバレエ公演。少し黴臭い赤いビロード張りの座席で開演を待つ間、ほんとうは何を待っているのでもない所在無さが居心地の悪さになり、退屈が窮屈さになり、ビロードの匂いに誘われて知らぬ間に女と夜更けのジャズ喫茶で過ごしたときに坐っていた椅子の、すりきれた赤い張地などを思い浮かべるうちに、周囲の声も音もみな虚ろになって遠のいてゆく、あの虚血性の眩暈《めまい》に似たひととき。

いや、それよりも忘年会や送別会の酒宴で、参加者の半分以上が酔いつぶれて舟を漕ぐ一方、まだ覚醒している者たちが思い出したように各々他愛ない雑談に耽るあの終幕間近の感じだろうか。しかしそのなかには宿に女を待たせている者もいるに違いなく、気もそぞろな心地で間合いを計りながら、雑談の輪から一人、また一人気づかれぬよう抜け出して姿を消してゆく。あるいはまた、こんなところまで来てまだ仕事の算段を考えている者がいたり、個々の私生活の卑近な事情に気を取られている者がいたりし、一人や二人、見知らぬ者や鬼籍に入った者が混じっていても誰も気づきもしない。そのための昏さであり、紗に隠れてさまざまな人間が集い、行き交い、ここはそんな場であることを知らせるために羽のような長い尾ひれがゆらり、ゆらり揺れ続けるのを男は眺める。ときおり聞き覚えのある声の抑揚に反応し、あれは誰だったかと思うが、けっして思い出すまでには至らず、そのままやり過ごしてゆらり、ゆらり生まれては消える疎と密の声のプールに身をゆだね続ける。その間、男の意識は初めにそうだったように数十年、数百年の時間をミリ秒という速さで無作為に行き来し、何かの拍子に新たな声や音がその体内から絞り出されることもあったのだが、男自身はそのつどハッとするだけで、それが何だったのか、ほとんど知ることはないのだ。

見よ、また新たな音のさざ波が男の周りに広がる。黒い冠から垂れる何本もの纓がいくらかはっきりと滲み出してゆらゆらと水辺の葦のようにそよぎ、同時に今度はいくつもの人影が見え隠れして、男はあっと思う。回廊の昏がりに満ちる声の一つが、母音を長々と伸ばし、ゆるゆると節をつけて、かあぁあぁあぁぁぁしぃいぃいぃぃぃん、れぇえぇぇぇぇいぃいぃぃぃげえぇえぇぇぇぇぇつぅ。昔、祖父や父が正装して正月に詠じていた嘉辰令月だろうか。声の主は三十代くらいか、若々しい身体の腹の風洞から吐き出される朗詠の、のびやかな音が山になり谷になり、ゆったりと寄せては返す波になる。その波打ち際にはさわさわとさんざめく人声があり、かすかな嬌声や笑い声がそこに立ち交じる。

かと思えば、ふいに男に手招きする者がいる。よや、そこなる人。此方は誰《たれ》にておはすか。如何で来し給ふぞ。そんな古語が聞こえたような気がしたが、もちろん呼ばれたのが男であるはずはなかった。近くに別の誰かがいたようで、男は続いて、近くも遠くもない中空から発せられたその何者かが呼びかけに応える声を聴く。われはふぢはらのさだいへあそんにてさうらふ。ゆめのみちのほども、いづこともなくたちやすらへば、わくらばにここにたちいりさうらふ――。そう聞き取ったが、男にはいまや驚きの感情の湧きだす身体もなく、代わりに少し前に前栽の女の洗い髪とともに思い浮かべたあの、かきやりしその黒髪の筋ごとに、を再び喚起したに留まる。そうしてゆらり、ゆらり揺れ続ける葦のような、尾ひれのような垂纓に誘われて、男はしばし想像の眼を見開き、さらに耳をすませる。

片つ方の歌詠みも然なり。いま、そこに薄昏き帷《とばり》垂れたるは内裏清涼殿の東廂、いや殿上間《てんじやうのま》にやあらむ。一つ、また一つ束帯の黒、薄らかに浮かび、重なり、垂纓が揺るぐ。見ればそここに二位、三位の大臣公卿、四位、五位の参議、大輔《たいふ》らの見え分かざる御姿あり、衣擦《きぬず》れとも声ともつかぬ音の靄ぞ立ちたる。十、いや二十余もの諸人、殿上に寄りゐて何をしたるや。いづれの御時かの叙位、あるいは除目《ぢもく》の儀か。いや、御簾より湧き出たる朗詠の声あり、嘉辰令月と聞こゆ。されば、これは五節《ごせち》の淵酔《えんずい》なるか。高らかに令月を詠ずる声は誰ぞ。摂政良経殿か。関白兼実殿か。いや、いづかたもいまや徒《いたづら》になりし方々なれば、蔵人頭《くらうどのとう》の何某か、頭の中将か。酔ひの進むままに、きらきらしき節をあやつり、笛や笙も賑はしく加はればめでたからずや。かあぁあぁあぁぁぁしぃいぃいぃいぃいぃん、れぇえぇえぇえぇいぃいぃいぃいぃげえぇえぇえぇえぇつぅ。かあぁあぁぁぁんぶぅうぅうぅうぅきょおぉおぉおぉうくぅ。ささ、召し給へ、召し給へ。ひとつきひとつき、差し受け差し受け、三献の盃巡らせば、諸人肩脱ぎしていよいよさゐさゐし。また新たに袍《はう》の肩脱ぎて袙《あこめ》の紅も貴《あて》やかなる公達の立ち舞ふは水猿曲《みづのゐんきよく》なり。袍の袖をゆるらかに振り翻して、みづのすぐれておぼゆるは西天竺《さいてんぢく》の白鷺池《はくろち》などと歌ふ。さりとても、もとよりさしも好まざる今様にて気色覚えざれど、昔語りに聞きし承安四年の今様合はせなどを思ひ寄するに、後白河院もかく舞ひけるかと覚ゆるもをかし。

見れば、遠き日の安元御賀《あんげんおんが》の儀に法住寺殿《ほふぢゆうじどの》に集ひし各々も現はる。そこに見ゆるはよりざね、きよつね、大納言たかすゑ、さねくに、中納言すけかた、中将さだよし、など。垣代《かいしろ》の楽奏あり。殿上人、各々歩みつらなりて大輪をめぐり、小輪をつくり、そこから二人ばかり出でて春《しゆん》鶯囀《あうでん》の序一反、颯踏《さつたふ》二反、入破《じゆは》三反、鳥聲《てつしやう》一反、遊聲《いうせい》一反を舞ふとや云ふ。在りし世に若かりし歌詠みが自ら写しける式の次第のやうなり。続きて番舞《つがひまひ》は古鳥蘇《ことりそ》。輪台《りんだい》果てて青海波に入り代ふれば、これもり、なりむね右の袖を肩脱ぎ、青海波紋の下襲《したがさね》に千鳥模様の袍、紺地の水の紋の平緒、螺鈿の細太刀、胡簶《やなぐひ》を付け、巻纓《けんえい》の冠に緌《おいかけ》を掛く云々。見慣れし面や装束のことさら薄昏かりけるは、みな過ぎぬる世の事どもなれや。あな、後宴にて胡飲酒《こんじゆ》序二反、破五反を舞ひける童は、後にわが歌を貶めし源雅行か。ともあれかくもあれ、次なる落蹲《らくそん》の入綾《いりあや》こそなほ眼もあやなりけれとぞ。

然ても歌詠みの前を諸人の蒼き翳またたき、またたき行き交ふこと終はりなし。いまはまた、彼の世よりわななき出づる順徳帝の琵琶玄上《げんじやう》の音ぞ立つ。中殿御会《ちゆうでんぎよかい》を言祝ぐ左大臣道家の奏進の声あり。権大納言公経、九条良平、権中納言四条隆衡ら伶人うち並びて奏せし呂の曲、律の曲の妙なる調べあり。その後には御詠あり、満座の吟詠ありけるが、そこにあるべかしき講師《かうじ》の歌詠みは見えず。未だきに御詠もわが判詞も覚えなく、薄昏き音のさざ波ばかり広ごりゆく。いや、弘徽殿《こきでん》の西廂に見ゆる蔀《しとみ》の、几帳や御簾のあひだには御遊《ぎよいう》を垣間見したる女房らの透き影もあり。几帳の下より零れ出でたる袿《うちき》や打衣《うちぎぬ》の襲の色目は、表薄紫裏青の萩、表蘇芳《すはう》裏青の竜胆《りんだう》、表薄色裏青の紫苑、表濃紅裏濃黄の朽葉《くちば》など。時節は秋なるらん。

さて、秋は十三夜や十五夜の月見の宴。いや、そも御遊も舞楽も興に入らざれば、幾十の節会や中殿御会に参内せし折々に我はひとり鈴虫の宴の源氏になりて宵の月をうちながめ、げになほわが世のほかまでこそ、よろづ思ひ流さるれ、などとうそぶきけむ。いやあるいは、かく愁ふ源氏らのものに感ずる雅も、げには遠くなむ覚えべかりける。久しく殿上人や女房らの時節折々の装束の、一つ一つの襲の色目、染めの色合ひ、織りや摺りや染の有職文様を見果てむと思ひ、倦むことなかりせば、いまや然もなし。扇を差し、袖を振り立ち舞ふ公達らの彼方に、つと山の秋の嵐の幻を見、伊勢物語に語られし河内女《かはちをんな》の、来ぬ男を思ひつつ手染めの糸を縒《よ》る夜にひとり艶なるを覚えけるや、このころ歌詠みが順徳帝に詠進せし一首。生駒山あらしも秋の色に吹く手染めの糸のよるぞかなしき。

然ても、げにさかりすぎたる人は、酔泣のついでに忍ばぬ事もこそ、となむ言ひけるも源氏なりしか。

夢の回廊をめぐる男もまた想像の身体のなかに、いくつもいくつも何かの舞踏が通りすぎるのを見ていたような感覚を残しており、そのせいだろう、ほのかにうごめくガスのなかから腕か足のようなものが現れ、おいで、おいでをするのを見る。それはやがて確かに一対の足になり、ゆっくりした動きの下に大きなエネルギーを溜めたすり足になる。右、左、右と音もなく地を滑る足はなま白く、足裏が薄いゲルになっているのか、油膜でも張っているのか、見えない地にぴたりと吸いついて滑るように流れ、動く。

見れば動きは規則正しく、左足を軸にして右足が真横に滑りゆけば、そこで爪先が半弧を描き、また元の位置へ滑り戻る。続いて、その右足を軸にして今度は左足が真横に滑り、半弧を描いて元へ戻る。さらに今度は右足が前へ滑り、左足が続く。右足が半弧を描いて向きが変わり、左足が続く。いずれも摩擦と慣性だけで蝸牛《かたつむり》ほどの速さで運ばれるそれらを、男はどこかで見たことがあると思う。始まりも終わりもなく、浮かんでは消える蜃気楼のように繰り返される、あのジョルジュ・ドンのボレロだろうか。ほら、時間が止まっている感じしいひん？ あの身体を見ている間は、生きているのを忘れていられると思わへん？ 公演のあと、布団のなかでジョルジュ・ドンの舞踏をまねるように裸の足を右へ左へゆっくりと滑らせていた女の、めずらしく満たされた身体のつややかな張りが一瞬の光になる。

いや違う、これは父の仕舞の足さばきかとも思い、さらに見入れば、すり足での前進、斜め後ろへ三歩後退、正面角柱《すみばしら》へ前進、そこから大きく半弧を描いて元の位置に戻りと、一対の足はゆうゆうと滑りゆく。そのつど、稽古場の床の間にかかっている父専用の小面《こおもて》が、蒼白な——いや、残忍な笑みを浮かべる。東遊びのかずかずに、東遊びのかずかずに、その名も月の色人《いろびと》は——そんな羽衣の地謡がどこからか湧いては駆け去る。またあるいは数秒、板間に正座して父の稽古を見ていた子どもの息苦しさや退屈や希望のなさが、その地謡の一節ごとにねずみ花火になってひゅんひゅん火花をまき散らすような幻も見たかもしれない。

　墓室に臥したる歌詠みの異しき夢は続く。ふる人の種々の声を求むる思ひはその身を出でて地に届き、黄泉比良坂《よもつひらさか》に届き、天神地祇に届く。いま、草の原に小なる頭をもたげし兎一匹有り。然ても兎かな。否や、然ることとあり。ふるとしの紅葉の時節、某公卿が神護寺に詣でける折のこと、石階《いしばし》にて寺の稚児がののめけるに、兎失せたり、兎失せたり、と。いづこの兎にやと公卿尋ねければ、栂尾《とがのを》の別院にありける兎なむ言ひける。兎の連れは猿に蛙《かはづ》。さきほどまで兎は蛙と相撲を取りたりつる云々。なんぞ徒事とあざ笑ひて聴きおきしが、かの兎にやあらん。そも、かの明恵上人は知り給ふや。

　さもあれ、ふる人の思ひはその小なる獣の軀にも届く。そのほとりにて茅刈る男、女にも届く。彼ら驚き、立ち見れば、飛鳥浄御原宮の山陵より、たかきやに仄青き煙立つ。殯宮に放たれし観音経や誄の数をも知らず声の片々は、然るあひだにやうやう煙となり、雲となりて立ち上るらし。畳《たた》なはる青垣《あをかき》の山々を越え、宇治を過ぎ、巨椋池《をぐらいけ》を過ぎ、山背《やましろ》は嵯峨のかたへ流れゆくめり。

兎、鼠、狐、鹿ら、煙を追ひ、駆ける。その他諸々の有情、地類、物の怪、颯とうちそよめくは如何ならん。もの騒がし。怪しきことや出で来ると身をすくめたるうちに、歌詠みもまた天つ空を駆けるなり。雲居より眺むれば、嵯峨の葛野《かどの》の原ぞ幾十の川の広らかなる。北には朝原山、西には嵐山と小倉山、東には船岡山。また、萱などが茂りわたる篠原の、ところどころなだらかなる丘の連るは、在りし世の諸々の県主《あがたぬし》、幸はふ氏の長らの墳墓なるらし。若かりしころの歌詠みが帝の行幸や大臣らに供奉したる折々、いづれかの山荘の通ひ路にて眺めけるかも。然るほどにその一つ、双ガ岡《ならびをか》に並みたる三つの塚の上に仄青き煙はかかり留まりき。ありつる兎も留まりき。

夢見る人、覚え無し。色を失ふうちに空はかき暗れ、また晴るく。振り見れば、三つの墳墓の青やかなる杜ぞ忽ちに浅茅生《あさぢふ》となる。見る間に四方の眺めも移ろひ立ち変はり、道の辺の見慣れし社寺、別業なども失せて、こは如何に、建立より未ださしたる月日は隔たらざる石葺きの墳丘現る。薄日、照る。朧に春の山連る。草のみ騒がしかる。はて、いづれの世かもにはかには知らず。

風、かよふ。夢見る人枕を欹て、風に交じらふ人びとのかそけき声、土踏む音などを聴く。いづこより聞こゆるかとあやしむほどに、墳丘より湧き出したると驚かれぬ。あれは誰ぞ。かかるかたで何をさざめくや、何をしたるや、いや何をわららかに歌ふや。若し、墳丘を築きたる人びとにやと覚ゆれど、なれやこれぞこの上古の世なるか。いにしへの暗き世のことどもは知らねども、そよ、貞観の御時に万葉集はいつばかり作れるぞと問はせたまひし帝あり、文屋《ふんやの》有季《ありすゑ》の詠み奉りしが、神な月時雨ふりおけるならの葉の、名におふ宮のふることぞこれ。然れば、いま見ゆるはみなふることなれば、あれはかの万葉の歌を詠みし人びとか、いや、それよりさらに前の世の人びとか。いま、その墳丘のあたりに幾十の男らの動きたる薄らかなるまぼろしを見ゆ。国造《くにのみやつこ》や伴造《とものみやつこ》の某――嵯峨なれば古語拾遺が伝ふ、帝に仕へし禹豆麻佐《うづまさ》の秦《はた》なる造やは――に召しつかはれ、一類の某がための墳墓を築く村の丁《よほろ》らなるめり。見れば若人も老い人も、髻《もとどり》に無紋の縑《かとり》の頭巾、褪せた筒袖の袍、麻布の袴を身につく。みな日に焼かれて顔黒み、海人《あま》と紛ふ面様なれども、猛く健やかにて、ひねもすに土を運び、葺石を運び、真籠を担げて陵を登り、下るなり。

としとんと、おおしとんと、としとんと。耳に伝はるは男らが土を踏む音にや。おしととと、おしととと。おおしととと、としとんと、おおしとんと、としとんと。さても、いづこかで聞きし音と思ひ戯るる耳に、和琴や琵琶の懐かしげなるしらべと催馬楽《さいばら》の声、新たに立ちわたりき。曰く、葛城の寺の前なるや、豊浦《とよら》の寺の西なるや、榎の葉井に白璧沈《しらたましづ》くや、真白璧沈くや、おしとと、とおしととと。源氏が謡ひ、紫の上や女三の宮が女楽なむ奏しける。け近き御遊びと物語には云ふなり。としとんと、おおしとんと、としとんと。そのまにまに墳丘の男らがさざめきあへるは笑ひ声になり、えい声になり、空広くわたる風の渺渺《べうべう》と吹き合はすなり。おしとと、とおしとと。とおしとと、としとんと。

然はれ、これぞ歌詠みが耳の病にて、ややもせば聞こゆるままに聞かず、耳馴るる催馬楽などに擬《なぞ》らふはあぢきなし。墳丘の男らが自ら土踏む足と調べを合はせ、口ずさび、ゆらに歌ひ継ぐおとなひのみを聴かんとすれば、この新しき音、いまめく音、珍らかなる音を如何に捉へん。たとへば、あれは「おお」か。いや、「をを」か。男らが笑ひ交はし、呼び交はす、おお、をを。祈年の祭の祝詞にて神主らが称す、深々なる「をを」。いや、いま聞こゆるは言問ふ草木や磐根と呼び合ひ、男らの五臓の底より生まれ出づる息差しの音にて、児をなすがごとくひと声ひと声出来せらるれば、おお、ををと草木が応へ、天地が応ふ。それら強かなる音どものかくあらば、みな踊りたくもならう、歌ひたくもならう。細かには捉へられねど、さても歌詠みが聴き馴らはぬ音のかくも多きこと、勢ひたることの口惜しさや。

いや、いちいちは捉へられずとも、沸き立つ声々の集《うご》なはれるは物騒がしき祓への気色あり、ときにささめき、ときに荒び、鎮まり、諸々の思ひぞ、ざざ、ざざと打ち寄する。ざざ、ざざ、ざざ、ざざ。世々のふることは、かくて立ち処まで寄すれど捉ふるに能はず、悶々たる心地のみいたづらに置かん。

歌詠みが耳はなほ休まず。ざざ、ざざと立ち返る波は、やがて墳丘に並み寄る沓音となる。嵯峨の野に青や丹の流れ幡、幾十も交じりひるがへりけり。髪を美豆良《みづら》に結ひ、麻布の貫頭衣をつけし男女、黄蘗《わうばく》の覆ひの亡者、供物の贄や幣《ぬさ》、壊色《ゑじき》の袈裟を下げし比丘《びく》の三十ばかり並み居りて、ざざ、ざざと歩みたり。見れば、墳丘の下に深きうつほありけり、鮮やかなる黄塗の小舟ぞ横たはりける。げに沖つ国の神は黄塗の屋形舟にて海を渡ると万葉人が詠みけるはこれか。

さてしも雲隠るるは一類の主なるめり。小舟に横たへられ、高坏《たかつき》に酒、須恵器に粳など供へられ、物領の誄に申さく、我らが遠つ祖の名は某、その児の名は某、その児の名は某、その児の名は某、その児の名は某、その児の名は某。世々、山背国葛野の伴造と為り奉事し来りいまに至る云々。聴きふければ、その児の名は、その児の名はと重々しく打ち頻る誄の声、つい平がりて哭する女らの高き声、僧らの朧々たるねんぴい、ねんぴいの声は、放たれたるほどに、ざざ、ざざと寄する沖つ波になり、小舟を納めしうつほに海ぞ満ちゆきたる。ざざ、ざざ、ざざ。横たはる人の耳に満ち、骸に満ち、とぶらふ人びとの軀に満ち、天地にあふれ噎びたる声や茫々たる。ざざ、ざざ、ざざ。ざざ、ざざ。

さもあらばあれ。古今に海を詠みし歌数多あれど、そも我らは海に何を見けるや。たとへば、鳰《にほ》の海やしたひてこほる秋の月。夕されば潮風さむし波間より。あれくらし波間も見えぬ冬の日の——。みな静かなるおもてに月を映す海にて、ほかになし。和歌の浦あし辺のたづのなくこゑに、も然り。沖つ風ふけゐの浦に立つ波の、も然り。あるいはまた、海と云へば藻塩を焼くけぶりや火こそあらまほしけれ。こぬ人をまつほのうらのゆふなぎに、と詠みし我が歌も然り。須磨に下向したる源氏が、こりずまの浦のみるめもゆかしきを塩焼くあまやいかが思はむと詠みけるも然り。それに応へて尚侍《かん》の君が、浦に焚くあまたにつつむ恋なればくゆるけぶりよ行く方ぞなきと御返し、紫の上が、浦人の塩くむ袖にくらべ見よと詠みけるも然り。嗚呼、我ら歌詠みの耳は海に何をか聴きける。

夢見る人、何とはなけれど胸ふたがれるを覚え、ざざ、ざざと立ち騒ぐ声の彼方に何ごとかを聴かんとすれば、そろりと出で来る新しき声あり。にひじまもり、と聞こゆ。

然なり。振《ふ》り放《さ》けば、隠岐の荒き浪風に向かひて「我こそは新島守よ」と詠みけむ某院ありけり。いや、その人に於ては、かげろふのそれかあらぬか春雨のふる日となればと云ふ心地ぞする。因りてその人、いまは呼ばるるときにあらず。然れば、骸《なきがら》の横たはる石のうつほの波間にざざ、ざざとたゆたふ薄昏き音をただ聴かん。天武や葛野の伴造になりて、その耳に立ち籠むるざざ、ざざを。

それ、天武の耳ではいま、ざざ、ざざと寄する波が在りし世に聞きける幾万の兵どもの沓音に移りゆくやは。ざざ、ざざ、ざざ、ざざ。そよや、天武がみよしののみがのみねに、時なくぞ、間なくぞと詠みけるは、かの戦に先立ちて吉野に逃れける折なり。ざざ、ざざ、ざざ、ざざ。秋七月《ふみづき》の庚寅《かのえとら》の朔《ついたち》辛卯《かのとのうのひ》に天武、大友皇子を討つべしとて数万の衆を率て倭《やまと》に向はしむと壬申紀に云ふ。そもや、いにしへの路をゆく幾万の沓音や如何ならん。鉦鼓《しやうこ》の音数十里に聞こえ、列弩《れつど》乱れ発ちて、矢の下ること雨のごとしと伝はりける戦は、柿本朝臣人麻呂もまた高市皇子《たけちのみこ》の殯に詠みけり。思ひ連ぬるに、轟きわたる鼓や小角《くだぶえ》の音、春野を焼く火のやうに風に靡く緋の幡、弓音の飄風のあるやうなどありしか。

いや、我は歌詠みぞ。国を統《す》べんとて御戦に滾《たぎ》つ大君らの計らひなど知りあへぬ耳なれば、聴け、いまは近江路に満ちたる兵どもの恐ろしき声、によひ伏す声、わななき狂ひたる声あり。また、見渡せば野には幾百、幾千の兵ら倒れけり。それら骸にたかりし地虫や蛆の厚く畳みなし、ざざ、ざざと骸を食む音ぞ風に靡きける。さても、かばかりの蛆に耳鼻口を塞がれし骸らの噎びたる声を、ふることは「ころろく」とや云ひけむ。黄泉国におはす伊邪那美命《いざなみのみこと》なれや、蛆たかれころろきて、と。げに、おいらかなる音なり。天武の殯、兵らの横たはりし野辺、はたまた葵の上の床の辺に飄々と響みけむ、ころろ、ころろ。

然て人曰く、虫には鳥。虫に埋もるる幾十の骸に大なる鳥、小なる鳥群れ立ち、ざざ、ざざと騒ぎ羽振る。ざざ、ざざ、ざざ、ざざ。いつしかまた辺りに潮満ちて、ざざ、ざざと波寄するほどに、沖つ国へ向かふらむ黄塗の屋形舟現はれ、澪《みを》曳く白き鵠《くぐひ》が翔《かけ》る。

かくやうにして耳を欹てける亡者らの蛆鎮まりしとき、新たに聞こゆるは沖つ国で戯るる兎や蛙の笑ひ声にやあらん。さても、痴れたる兎よ。

3

ばららん。

あまり強く張られていない絹絃《きぬげん》の、ずしりと重い音が一つ、かすかな空気の波動となって半睡の回廊のどこからか湧きおこる。ばららん。

いや、空耳かもしれない。一つの定常波のあとには長い減衰と無音の間がある。男はぶわんとやわらかく膨らんだその振動を耳の奥に留めたまま、どこで聞いた音だろうかと思いめぐらせ、どのみち折々に数えきれないほど聞いてきたうちのどれかだと嘆め息《たいき》を洩らした、その端からまた一つ、半闇の底に泡のように湧きあがる、ばららん。

それとともに、右へ左へゆるりゆるりと弧を描いて回廊を滑りゆく何者かの足は、少しテンポを上げた早舞のそれになり、男はまた、あれはどの演目の足さばきだったかと考えたりするが、やはり具体的にどれと言い当てることはできない。待て。待ってくれ。そのあとを追いながら、男は何度か自分の喉をふり絞ったような記憶もある。まるで諦めきれない男が立ち去る女に追いすがるときの声の出し方、あるいは幼児が自分には追いつけない速さで遠ざかってゆく保護者を呼び戻そうとするときのそれで、しばし喉と臓腑が直結して雑巾を絞るように侘しさの雫が滴り落ちていった。

しかし、いまごろ何がどう侘しいというのか、男には思い当たるふしもない。いつの間にか半透明に近くなっているのは当の足なのか、自分の眼球のほうなのか。角膜の代わりにふるふるとしたジュンサイの粘膜を通して、寄る辺ない夢の沼を眺めているような心地がする。その水面を滑りゆく足の行く手に延びるのは、両側に古い町屋の並ぶ細長い路地で、両側には丈の高い黒い焼杉の塀があり、その上にはしんと冷えた月がある。いや、そこは確かに子どものころに住んでいた家の近所の路地だが、いまはそこだけ見知らぬ土手の上の一本道のようにも見える。内田百閒が、何処から何処へ行くのか解らない、静かに、冷たく、夜の中を走つてゐると書いた冥途の土手。そう見えるのは、その土手の上にも流れていたという薄白い月の光のせいかもしれない。

いや違う、茫々として江は月を浸す。白居易の琵琶行に云う。ばららん。瑟瑟《しつしつ》たる秋の月が落ちる長江の、水面の昏い光を男はまた新たに垣間見、闇の奥からかすかに琵琶のさわりの声が立つのを聴く。ばらららん！

それは、男の海馬のどこかに残る古い記憶の片々がふいに漏れ出したものだったが、その一声はまた、深宇宙に届こうかという振幅で伸び縮みする時空を一挙に飛び越え、ばららん！老いた歌詠みの夢の午睡の耳元でも鳴り渡り、如何にぞや——歌詠みは独りごつ。

承久二年春、琵琶合なる御会にて平等院宝蔵より召し出されし琵琶の名器を霊物と称し、その音を「物より破れ出でたるが如き音」と記しける某院宸筆《しんぴつ》の判詞ありけむ。人づてに聞き留むるに、軸を転じ絃を撥《はじ》いて一声、こはいろことにいさぎよくもろし、りやらめきこゑ在琵琶、以大珠小珠落玉盤と云々。さるほどに琵琶行の句の長江の水面を渡りたるは、夢にもうつつにもありぬべし。茫々として月を浸す江をゆく舟の上、倡女《しやうぢよ》がひとり琵琶を弾ず。曰く、軽く攏《おさ》へ、慢《ゆる》く撚《ひね》り、抹《な》でて復《ま》た挑《は》ね、大絃嘈嘈如急雨、小絃切切如私語、嘈嘈切切錯雑弾、大珠小珠落玉盤。さもあればあれ、某院が掻き弄《まさぐ》りし玄上や牧馬なる名器のかく響きけるを、楽所預の何某は亡国の声ありとぞ聴きけむ。げに本体にやあらん。

ばららん——。幽咽《いうえつ》せる泉流氷下に難《なや》み、氷泉冷渋して絃、凝絶す。

かくてまた無音の間の広ごる。同じ承久二年に院の勘気を蒙りける一首、道のべの野原の柳下もえぬあはれなげきのけぶりくらべに——の、いま思ひ返せばあやなきすさびごとにつけても偏執が過ぎ、あさましかるを覚ゆれば、歌詠みは独り苦き心地に襲はれ、片や時空の此方では元速記官の男がなおも足を速めて夢路を急ぐ。

いま男が辿る路地の、板塀の奥から降ってくるのはひとまず琵琶ではない、名残り雪のような御茶屋の三味線とこぶしを利かせた小唄の一節であり、木戸を出入りするささやかな酔客の声などもある。いや、それも幾重もの磨りガラスを通したような音量でしかないのは、やはりあの冥途の土手のどこかにいるということだろうか。とまれ、夢の回廊をゆく足はいつの間にか白足袋と男物の下駄のそれに代わり、その主である祖父の羽織の背と杖と、フェルトの中折れ帽が現れると、近くには小さな紐靴の足でそのあとを追う小学生の男もいる。晩秋もしくは初冬の宵に祖父に連れられて市中をゆくのが、親公認の外出だったのか否かは分からない。月明かりの下の祖父と孫の大小の影が板塀の上で躍る幽霊になり、バスティーユ牢獄の石壁に映る鉄仮面の影になり、一歩毎に期待と後ろめたさ、興奮と退屈が入れ替わり、いつも途中で小便がしたくなった。

　たぶん祖父と孫の秘密だったのだろう道行きの先には立派な格子戸の玄関がある。人の出入りのたびにカラ、カラ、カラと音を立てて開き、また閉まるそのなかは、黒光りする廊下の奥の広い座敷に二十人ほどの客の背中が黒々と居並び、正面にかすかに油の臭う紙燭《しそく》に照らされた屏風があるが、その前にたたずむ僧形の男の姿は、大人たちの背中に遮られて子どもにはほとんど見えない。それでも『景清』のシテ悪七兵衛景清《あくしちびょうえかげきよ》や、『俊寛』のツレ平判官入道康頼《へいほうがんにゅうどうやすより》が被っているのと同じ黒い角帽子《すみぼうし》のてっぺん、あるいは薄墨の法衣の袖と大きな薩摩琵琶の棹の先の糸巻きと、手にした三角形の撥《ばち》の端がひるがえり、ひるがえりするさまはそれだけで異界の妖しい儀式になり、子どもは身体じゅうの毛穴という毛穴を開いて、その場にこれから満ちわたる音と声のすべてを待ち構えた。

そうして、ばららん、盲僧の撥で掻き出された第一声が、彼の世とこの世を分けていた透明な幕を破る。すると、そこはたちまち過ぎし日の源平合戦を望む長州赤間関の海辺になり、苫屋の破れむしろの帷がばらばらはためき、沖の波がざわわとうち寄せる。ばららん、ばららん。いざ、平家の幽魂なかなか消することあたわず、月明らかなれば海面にあやしき声をきくと臥遊奇談に云う、かの亡者たちの世がそこに広がる。ばららら、ばららん！

時は寿永四年三月二十四日の卯の刻——とくれば平曲は壇ノ浦。豊前の国、長門の壇ノ浦にて源平の矢合わせとぞ定めける。ばららん。喉を潰した盲僧の嗄れ声はそのまま瀬戸内海の波音になり、曰く、まだ明けやらぬ沖を眺むれば、幾万幾千の島中を西へ西へと突き進む、判官義経率いる源氏の兵船、総勢三千余艘。ばららん、ばららん。対する平氏は大将新中納言知盛卿以下、先陣に山鹿《やまが》の兵藤次秀遠《ひょうどうじ》率いる精鋭五百余艘、松浦《まつら》党《とう》の三百余艘、平家の公達が二百余艘、赤旗をなびかせ総勢千余艘、舳先をそろえて田ノ浦に陣を敷く。ばららん！

太く細く切々と吟じられるその声には、炉端で祖父が子どもらに読み聞かせる平家物語や、夏の夜に赤間関の阿弥陀寺に現れた武者が、寺の縁側で琵琶を弾ずる芳一を呼ぶ声などが紛れ込み、重なり合う。芳一や、芳一や——と。

源氏のつは者ども、すでに平家の舟に乗り移りければ、水手《すいしゅ》・梶取《かんどり》ども射殺され、きり殺されて、舟をなほすに及ばず、舟そこにたふれ臥しにけりと平家物語が語れば、弓弦《ゆんづる》鳴りて遠矢飛び交い、組んずほぐれつ組打ちて、紅白分かたず入り乱る。漕ぎ手討たれし兵船は、逆巻く渦に巻き込まれ、風車のごとく廻りたりと喉を鳴らす盲僧の声がある。はたまた、芳一や、芳一や——祖父が子どもらを前に恐ろし気に声をひそめてみせる。ほら、武者の亡霊が芳一を呼んでおるぞ。芳一や、芳一や——。汝が琵琶端正を極むるの旨、風説あれば、今宵の御つれづれ御旅館に召さしむ。我に従い来るべし、とな。

そうして祖父と子どもらがあらぬ世の物語に息を殺す夜、奥の茶の間では祖母と母が姑と嫁のひそかな口喧嘩を繰り広げ、襖越しに始まりも終わりもない時間がふつふつと煮詰まり続ける。あるいはまた、どこかの女性の家にいる不在の父をめぐる母たちの焦燥が、じりじりと空気を燃やし続ける。それを子どもらはもう一つの耳で聞いており、亡霊たちと生身の女同士の二つの息遣いに炙られ、引き裂かれ続ける。そういうとき、たいがい濡れ縁の障子の向こうには雨の降りそぼつ気配があり、触れればいまにも雫が垂れそうな夜気がまたさらに祖父の語る奇談に彩りを添えるのだ。雨しきる夜に飛ぶという鬼火が、曰く、今夜はことさらなりて四方に飛び去りいと淋しき夜の道など近辺にあらんやと、みなみな精もつきぬる云々。

当時、町屋で聴いた薩摩琵琶の平曲は、大人になってから聴いた名人鶴田《つるた》錦史《きんし》の演奏に比べれば、ずいぶん派手でさわりの粗さが際だつものだったが、それでも耳の奥で寄せては返す波となるうちに、子どもの脳裏ではいびつで賑やかで、ときにうつくしい、自分だけの平家物語が出来上がった。親の竹刀をもちだしてチャンバラごっこをするとき、近所の子らの月光仮面に対して、男は想像の赤地の錦の直垂《ひたたれ》に唐綾《からあや》おどしの鎧を着け、いまは見るらん、左馬頭兼伊予守朝日の将軍源義仲ぞやと叫んでみたり。喧嘩でこっぴどく負けたとき、校舎の裏でひとり地面に倒れながら、壇ノ浦で入水する新中納言平知盛になって、見るべきほどのことは見つ、と恰好をつけてみたり——。そこには平家物語の、新中納言らが次々に入水するくだりを子どもらに読み聞かせる祖父の、いつもの感極まった声も響いていたかもしれない。曰く、海上には赤旗、赤じるしなげ捨て、かなぐり捨てたりければ、竜田河の紅葉ばを嵐の吹き散らしたるがごとし。みぎはによするしら浪も、うすぐれなゐにぞなりにける。主《ぬし》もなきむなしき舟は、塩に惹かれ、風に従ツていづくをさすともなくゆられゆくこそ悲しけれ。

いや、待て。自分はそんなにセンチメンタルな人間だっただろうか。ほんとうは平家物語の語りも仕舞の謡も、神経を切り刻む音楽室のメトロノームのようだと思いながら、祖父や父の喉仏が上下するのをじっと見ていただけではなかったか。半睡のなか、男はふいに冷めた心地で省み、白々とする。

最初の妻と所帯をもった年の夏、炎熱の残る宵の借家の縁側で、妻が薄く汗ばんだ下着の身体を寄せてきて、さっき何を考えてはったのと男を問い詰める。べつに。男は応じ、妻は次の言葉を探してしばらく黙り込む。ねえ、また何か考えてはったでしょう、ほんにうわの空やもの。妻はどちらかといえば粘着質なほうだ。男の腕に爪を立てて不満を訴えながら、ねえ——

とため息のような声をだす。ねえ、ポルノはセンチメンタルの対極にあると思わへん？　欲望だけがあって、ほかには余計な感情が一つもあらへん潔さが好き。ポルノは耽美主義の極致やわ、ねえ——。

妻は、昼間に河原町の映画館で観たミケランジェロ・アントニオーニの映画のことを言っている。ヒッピーの青年が行きずりの女と砂丘で抱き合い、砂まみれになって転げまわるのが耽美主義？　男は映画にはまったく欲情しなかったが、妻は欲情した。そうしてまた、カフェの女給ナオミとは似ても似つかぬ女店員と、ナオミを自分好みに調教しようとした電気技師とは似ても似つかぬ勤め人の男の、凄味も何もない怠惰な『痴人の愛』ごっこをやり、男はなおもひそかにセンチメンタリズムと耽美主義の間を行きつ戻りつする。

妻がうわの空だと見抜いたとおり、いまなお子どものころに市内で見かけた父親の愛人のことをときともなしに考えているのがただの感傷か、それとも物狂いに近いのかは分からない。網膜の上で表札のないどこかの御茶屋の格子戸がカラカラと開き、閉まる。その奥の座敷で襦袢の腰紐を解く芸妓の、想像の後ろ姿が繰り返し脳裏に現れるが、それだけのことであり、まるで壊れたレコードのようにその先はない。ほんとうはそこにいてしかるべき父の姿もない。数千回、数万回も繰り返された想像はすり切れ、当時すでに細部は消えかけていたが、代わりにカラカラという格子戸の音と、そこから漏れ出す三味線や小唄が響き、それも次第に薄れたあとには薄昏い琵琶の声と、その底でふつふつとする大鎧を着けた平家の騎馬武者たちの鬨《とき》の声の、かすかな残響の泡があるばかりなのだ。

いや、昔からのうわのそらの奥には、御茶屋の芸妓とは別のもうひとつ幻の顔があり、絶えず喉元までこみ上げてくるばかりでかたちにはならないのだが、言い当てることができないという意味では、それこそが気の病の核心なのかもしれない。とまれ、具体的な対象のある嫌悪や劣情の固まりより、すでに名前もかたちもなくなった音や声の気配こそ始末に悪い。ときとしてもなしに湧き出しては留まり、侘しさや感傷を誘っては行き場もなく熟し続け、やがて腐敗する。この千年、自分たち日本人は裁判所のしがない速記官ですら陰に陽に源氏物語や平家物語や白居易の感傷を生きており、谷崎も日活ロマンポルノもけっしてマルキ・ド・サドのようにはゆかない。センチメンタリズムの細胞は殿上人《てんじょうびと》や平家の公達や孤独な詩人の全身をめぐりながら臓器を浸潤し、やがて芽をふいて死に至る退廃の病を発症するか、自己陶酔の毒をすみずみにばらまくだけで目的も勝算もない自爆テロリストを生み出すか。

源平の武者たちは死に花を咲かせるためのうつくしい鎧兜で着飾り、殿上人は有職故実の伝統で着飾り、詩人は贅を尽くした言葉で着飾り、帝王たちは笛や琵琶の音曲で着飾る。千年分の記憶のすみずみにそれら衣擦れと吟詠と管弦の声が満ち満ち、琵琶法師の撥の下から、御茶屋の酔客の笑い声から、芸妓の背で揺れるだらり帯から零れ落ちて、過ぎし日の幻を湛えた水たまりをつくる。その水面を覗き込めば、騎馬武者らが千年の間、鬨の声を上げて市中に蹄の音を響かせ続け、それをよそに清涼殿の殿上人は伶人《れいじん》の奏でる管弦に感涙し続け、詩人は長江に舟を浮かべ続け、さらに町屋の格子戸の奥、紙燭に照らされた屏風の前では名もない盲僧が平曲を奏で続けるのであり、それらが男の半睡の回廊をめぐり続けてメビウスの輪になる。

　ばららん。

　ばららん。ばらららん！

銀瓶《ぎんぺい》乍《たちま》ち破れて水漿《すいしょう》迸り、鉄騎突出して刀槍鳴る。ばらららん。勢いよく掻きだされる絹絃の下から、錦に輝く甲冑や鎧を着け、各家伝統の紅や紅白の母衣《ほろ》をかけて馬を駆る武者たちの鬨の声が湧きだし、広がる。入京した木曾、其勢七千余騎、馬の鼻を東へ向け、天も響き、大地もゆるぐ程に時をぞ三ケ度つくりけると、平家物語は法住寺合戦の段に云う。重なり合う数千の刀槍がガシャガシャ、ギシギシ、ガシャンガシャン、阿鼻叫喚さながらに騒然と七条大路や五条河原をゆき、土塀や垣根の間から息を殺してそれを見守る貴族や世人らの耳を聾すれば、さて、落ち行く平家は誰々ぞ――祖父の十八番《おはこ》が始まる。痩せて皮ばかりのその喉で生きもののように喉仏が動き、謳う。前内大臣宗盛公、平大納言時忠、平中納言教盛、新中納言知盛、修理大夫経盛、右衛門督清宗、本三位中将重衡、小松三位中将維盛などなど、早口言葉のごとく三十名の名前を唱えあげた末に、まことに故郷をば一片の煙塵に隔てつつ、前途万里の雲路におもむかれけん、人びとの心のうち、おしはかられて哀也。

　ばららん！　いままた半透明の幕が一枚破れると、稽古場の板間を滑る祖父の白足袋が現れる。物心ついたころ、男は祖父が舞うのを一心に見つめていた記憶がある。音もなく床を滑りゆく幻の原形は父ではなく、祖父だったということだが、紋付き袴姿で扇をかざしたそれが夢のなかで舞うのはどの謡曲でもない。右へ左へ、縦へ横へと扇をかざして激しく足を運び、回り、退き、地謡ならぬ唸り声を発してさらに右へ滑り、左へ滑る。そこではいつもの語りにはない本ものの血の臭いが迸り、空気が真っ赤に染まってゆくのが分かる。四方を眼には見えない敵方の武者らに囲まれ、ひとり槍で応戦する祖父は、ついに赤間関に棲む平氏の亡霊になったと子どもには見えたが、ほんとうにあれは祖父だったのだろうか。唸り、叫び、ときに哄笑するそれはもはや祖父の顔ではなかったし、それこそ法住寺で木曾の軍勢を相手にくも手・十文字に駆け回り、駆け回り戦って討ち死にした信濃次郎蔵人仲頼ではなかったか。

ほどなくして祖父は白骨温泉《しらほね》へ長い湯治にでかけてしばらく不在となった。『大菩薩峠』の剣豪机龍之助の話も十八番だった祖父だから白骨温泉かと子どもは思ったが、ほんとうは精神病院に入ったのかもしれない。ともあれ祖父こそ芳一を呼ぶ武者の亡霊だったのだと得心した後、祖父と二人、町屋で聴き続けた平曲はそのまま子どもの海馬の奥深くに埋められ、隠された。そして、ときともなしに立ち上ってくる血生臭さだけが残ったのだが、そうだ、祖父のセンチメンタリズムを封じていたのはそれだったのかもしれない。祖父はただ狂ったのではない。敢然として全身に血の臭いをまとい、平曲や平家物語のセンチメンタリズムから自らを解き放ったのではないか。妻ならそう言うだろう。

なあ、次は西部劇を観に行こか。もうわこうない男四人組の強盗団が、捕まった仲間を救いだすために政府軍とバンバン撃ち合うて、みんな盛大に死ぬ話。サム・ペキンパーは君の言う耽美主義の極致やと思う——。しかし、いつの間にか寝落ちした妻は返事をしない。男は、いまは濃淡のほかにははっきりした奥行もない半睡のなかで想像の腕を伸ばし、もう顔かたちもおぼろでしかない妻の足に触れて、しっとりと湿ったその冷たさにちょっと背筋をこわばらせる。ひょっとしたら自分は知らない間に死者と暮らしていたのだろうか。楽しげに耽美主義を語る珍妙な死者。そういえば芳一も、もし誘われた貴人らの宿で彼らに触れていたなら、彼らがこの世のものでないことに気づいただろうに。

　ばららん——。琵琶の声、あるいは亡者の呼び声が無辺に伸び縮みする深宇宙をゆるやかに飛び交い、彼方ではまた歌詠みがそれを聞く。

　ばららん——。墓室の外のいづこにか寂漠の帷を破る声あり。大路小路に武者らの声満ち満ち、守護職の何某ら誅殺されけむ、有るにもあらぬけしきなる夜に、「霞める月の影心にくきを、雨の名残の風少し吹きて、花の香なつかしきに、大殿の辺りいひ知らず匂ひ満ちて、人の御心地どもいとえんなり」などと云ひける、梅枝の春の夜の嫋《たを》やかなる物語ぞ浮かびつる。さても無常なれや。源氏らがその夜の御遊びに吹きたてるは横笛にて、鶯のねぐらの枝もなびくまでなほ吹きとほせ夜半の笛竹、となむ長閑に詠まれける。さは言へ、いま聞こえけるは琵琶の声なり。今宵燃え落つる内裏で霊物を搔き弄《ろう》しける物の怪は、高き土塀に守らふる蓑虫にこそあめれ。蓑虫に外はなく、外を憂ふこころもなく、よろづの物思ひもこころごころもみな身のうちより生まれ、身のうちにて費やし成り果つるを心得給ふや、在りし世の貴《あて》なる蓑虫は。

さもあらばあれ、琵琶と云へば韻字四季歌の冬の一首にや。句は「侵頭霜色白過半、憶子鶴声絃第三」にて、白妙のいろはひとつに身に沁めど雪月花のをりふしは見つと云々。思ひ返せば、雪月花と云ひながら雪月花のいろはなく、言の葉の響きにのみ何をか憶ふは、老ひの頑なしき身の翳もかたほなるや。されば、若き日の花月百首のいろも匂ひも満満たるこそ奇しきまでに懐かしけれ。一首、二首、戯れに引き出でれば、さくらばなさきにし日より吉野山そらもひとつにかをるしら雲。かすみたつ峯の桜の朝ぼらけ紅くゝるあまのかはなみ。はなののち八重たつくもにそらとぢて春にうづめるみ吉野のそこ。ふりきぬる雨もしづくもにほひけり花よりはなにうつる山みち。こきまずる柳のいともむすぼほれみだれてにほふはなざくらかな。思ひいるゆくへは花のうへにしてこけにやどかる春のうたゝね。

春。春。春。春。花の匂ひにかすむ春、風むすぼほれ乱れて匂ふ春、吉野の谷を埋める春、花より花へうつる山みちの春ぞ、歌詠みの骸の上に降りそそきける。また春の次は月。幾十の月ぞ降り頻り、散り紛ひける。さえのぼる月のひかり。野の露にやどれる月。月をかたしく宇治の橋姫。あぢきなく物思ふ人の袖の上のありあけの月。よものそらひとつひかりにみがかれてならぶものなき秋のよの月。

かの月は大路を奔る武者の上にも、敗者らの骸の上にも、足を空に逃げ惑ふ世人らの上にも降りぬべけれども、わが雪月花はそこに無ければ、歌詠みもまた埋もるる蓑虫か。かの句、この句を操り、結ぼほれ、繕ひ、纏ふ三十一文字のあやのほかには何心も無し。唯、触らば切れむ太刀のいらなきを得て、孤絶やせん。

4

直径十センチほどの半透明の球体が一つ、中空に浮いている。前後も上下もない、辺りに何か関わりのあるものもない。もとは男の人生の折々にその心身から分離し、排出されていった無数の感情のうちの一つがそんな物体になって突如現れたのだが、球体にはどの感情かを記したラベルはついていない。いまごろそんなものが出現した理由も、男の知るところではない。もっとも、あるときある場面で湧きおこる感情とは本来、こんなふうに不分明のかたまりとして中空にぽっかりと排出されるのかもしれない。怒っているうちに何に怒っていたのか分からなくなるのも、喜んでいるうちに大してめでたいことではなかったような気がしてくるのも、感情がそういうものだからだろう。

男はなにがしかの感慨とともにしばらく球体を眺めていた間、鈍い悲しみの固まりが胸につかえているのに気づいて落ち着かない心地になった。はて、何があったのだろう。永らく夢を貪っていたせいで、海馬が誤作動を起こしたか。男はしかし、ミリ秒の自問をした端から自問したこと自体を忘れており、見ればそのへんに浮いていたはずの球体ももうない。

続いて、男はまた新たな感覚に襲われる。この脚の回転は、ひょっとしたら走っているのだろうか？　いまごろラッシュ時の乗換駅の階段を駆け下り、駆け上り、息を切らしている身体を感じたりするのは、どうしたことか。とうの昔に勤め人ではなくなったのに。いや、四十代らしいこの身体のほうが本もので、この間までの老身の彷徨のほうが夢だったという、これは二重の夢か。男は柄にもなく洒脱なことを考えてみた後、いや違う、やはり何か切実な感情が湧きおこっているのを、走る身体が教えているのだと思い直す。

急げ、急げ。また遅刻だ――そうか、昨夜は眼のかたいひなに絵本を何冊もせがまれて寝るのが遅くなったのだった。天空を覆うテント――ではない、巨大な絵本のページが回転扉になって、ばうん、ばうんとひるがえる。そこでは午前零時を告げる大時計の下で、シンデレラが夜会服の裾をはためかせて王宮から駆け去り、夜がさらに更けるころには、霧深い村はずれで首のない騎士が血のしたたる斧を手に馬を駆る。また、ロンドンのどこかでは通りに面した店舗の外壁で逆さ時計の針が猛スピードで回転しており、またべつの森では遅刻だ、遅刻だと呟きながら懐中時計を手にした白ウサギが走り抜ける。他方、三月ウサギの茶会は午後六時で時間が止まっており、海峡を越えたカタルーニャの画家は、三つの時計がそれぞれ異なった時間を指したままぐにゃりと溶け出す夢を見ている。

子どもは気味悪いものが好きだが、ひなは物心がついたころからとくにそうだった。手足の生えた喋る玉子や、水タバコをふかすイモムシに笑い転げ、狂った帽子屋のおかしな歌に眼を輝かせて、もっと、もっとと続きをせがむ。そうして毎夜、頭いっぱいに奇怪な物語を詰め込んでどんな夢を見るのやら。いや、朝には無口なむっつりした顔の子どもに戻って、行ってきますの挨拶もなく幼稚園へ行き、帰ってくると盛大にパンケーキやドーナツを食べてぷくぷくと太り、午後五時五十五分になるとじっと時計の針に見入り、午後六時になるのを見届けて満足げな笑みを浮かべる。子どもながら、なんという人生だろう——。

いったい、午後六時という時刻に何か特別な意味があったのか。男に思い当たるふしはないが、時計の長針と短針が重なる零時ではなく、縦一直線につながる午後六時のかたちをつくる脚は見たことがある。彫刻家が削りだしたような脚が一本、強靱な鋼のバネが空気抵抗のない真空を浮遊するように半弧を描いて垂直に屹立し、透明な壁に出会ってぴたりと停止する。それは、まるで砂漠の蜃気楼のなかに立つオベリスクのようだった。

すると、虚空をまさぐる男の手元でばうん、ばうんとけだるく回り続ける重い回転扉が、どこかの劇場の入り口になり、無重力の穴かと思う真っ暗な舞台が眼の前に広がる。その中心に浮かぶスポットライトの下で、十人あまりの男の踊り手にかしずかれた女の白く輝く二本の腕が、ボレロのリズムに合わせてタン、タタ、タン、タタ、タン、タタ、タン、タタ、組み立て工場のロボットアームのようになめらかに屈折し、回転し、時空を刻む。タン、タタ、タン、タタ、タン、タタ、タン、タタ、その合間に、真っ直ぐに伸び上がった女の片脚が天を衝く長針になり、鮮やかな午後六時のかたちを描くのだ。若いころ、女友だちと観に行ったのはジョルジュ・ドンのボレロだったが、後年、中学生のひなを連れて行ったのはシルヴィ・ギエムというプリマの踊るボレロだった。ひなはふくよかな自分自身とは似ても似つかぬプリマの九頭身の、見るからに長い手足がつくる午後六時のポーズの、弓なりのアーチを描いた足の甲の完璧なうつくしさを、子どものころから好きだったフラミンゴの嘴のアーチに譬えてみせ、その傍らで父親は、それよりいかにもフランス女らしい、意志の固まりのような肉体だと卑近なことを考えていた。

いまもまた、回転扉はふいごのように空気を吸い込み、吐き出しながら重くゆっくりと回り続け、それに合わせて砂漠をゆく隊商の、かすかな足音のようなボレロの旋律が延々と上がったり下がったりし続ける。タン、タタ、タン、タタ、タン、タタ、タン、タタ、タン、タタ。もしも旋律に釣り糸がついていたら、凪いだ水面でゆるやかに浮いたり沈んだりする棒ウキになって時を刻むだろう。旋律をつくる音の粒は、水底近くに垂れた糸の周りでひらり、ひらりとひるがえるヘラブナだ。

そして、スポットライトの下のプリマの腕や脚と、円陣となってそれを崇める男の踊り手たちの、ため息のような身体のゆらぎもまたばうん、ばうんと回る扉とともに遠くなったり近くなったりし、どのくらいの時間が経ったころだろう、やがてほんとうに遠ざかっていったが、すぐにまた、今度はどこかの事業所ビルの回転扉を忙しく通り抜ける勤め人たちが現れ、吸い込まれては吐き出される空気とともにいくつものさんざめきが湧きおこる。おはよう、おはようございます、いい天気ですな、忙しげな靴音と区別のつかない切れ切れの挨拶の声、今日の株価がどう、阪神タイガースがどう、ゼネストがどうといった声の片々が吐き出され、吸い込まれ、また再び押し出される。

そうして回転扉を通り抜ける音は、その通過点でミリ秒というごく短い時間、外とうちに分断されるため、少し離れてそれを聞いている観察者にはそのつど時空が途切れるように感じられるだろう。もちろん、世界は途切れたと同時に再生され、目立った不都合は起きないが、扉の回転とともに切断され続ける飛び飛びの世界には、レコードの溝の傷に落ちた針が飛ぶようにして、そのつど種々の異世界が紛れ込んでは飛び去るということもあるかもしれない。

いまも、勤め人の靴音にまじってふいに百貨店の買い物客のざわめきが湧きおこり、駆け去った、そのあとには六十年も前の大阪は梅田ターミナルの、御影石の駅舎を圧し包む雑踏と、ホームを出入りする電車と構内アナウンスの分厚い音の雲がどっと溢れだし、その下を祖父の手に引かれてプラットホームに立つ子どもの姿が横切ってゆく。

ジリリリリリ。列車の発車を告げるベルが流れ去る。少し前まで駅のホームを見下ろせるガラス張りの喫茶室で食べていたホットケーキの、もったりとした甘さがベルと一緒に口のなかに湧きだし、涎になる。ジリリリリリ。一番線、京都河原町行き特急、発車します。いや、そこには地裁の開廷を告げるベルも紛れ込み、ジリリリリリとけだるく鳴り響く。速記席の頭上でそれを聞く男は結局、開廷に間に合ったということだ。一方、ばうんと回転した扉の向こうでは、白ウサギの吹き鳴らすトランペットがカードの王国の法廷の開廷を告げている。あちらの訴状は、誰が女王のタルトを盗んだか。ヤマネやトカゲやモルモットなど十二匹の陪審員をがやがやと並べたナンセンスの極みの法廷劇は、幼いひなの一番のお気に入りだったが、飛び交う洒落も哄笑も回転する扉に切断されてはつながり、また切断されて、耳に届くころには声々の波が渾然と交じり合い、甘い眠気を誘う時間が刻まれる。

それは人間しかいない法廷でも同じだ。「ワ」第五〇九号。意匠権侵害禁止請求事件。原告、株式会社A代表取締役某。被告、株式会社B代表取締役某。関係者はこちらへ。原告側代理人の陳述は訴状のとおりですか。はい。では原告は訴状陳述。被告側代理人の陳述は答弁書のとおりですか。はい。では被告は答弁書陳述。なお原告は甲一号証から七号証まで提出。被告は乙一号証から五号証まで提出。原本を確認しますか？　結構です。それでは次回の期日は六月七日でよろしく。次、「ワ」第五一三号。意匠権及び実用新案権侵害差止等請求事件。原告、株式会社C代表取締役某。被告、有限会社D代表取締役某。関係者はこちらへ。原告側代理人の陳述は訴状のとおりですか。はい。被告側代理人の陳述は答弁書のとおりですか。はい。証拠は原告が甲一号証から五号証まで提出。被告は乙一号証から三号証まで提出。原本を確認しますか？　いや結構です。それでは次回の期日は六月二十日で。次、「ワ」第五一六号――。

　また別の日の、打って変わって冗長な本人訴訟の法廷の声がする。裁判長、よう聞いてください、仮に図面のEFの西側がうちの敷地でないということになったら、GHまでが吉田さんの敷地になってしまいますやろ。そうなったら、うちの敷地にはみ出していた桜の枝も実ははみ出してへんかったということになって、うちの人がはみ出した枝を切る必要もなかったし、梯子から落ちて骨折することもなかったということになってしまう。それよりあんた、はみ出してもいない人の家の桜を切ったら、器物損壊ですがな。どうか傍聴人はお静かに。ほんにひまなお人や。裁判所はデイサービスやあらしまへんで。ともかくあの桜は証拠写真にあるとおり、ええのは春だけで、夏は毛虫、秋は落ち葉で、それはもう掃除がえらい手間やし、殺虫剤を撒かれると洗濯物も干されしまへん。あれだけの大木になると日当たりも悪うなるし、おかげで整骨院に行ったら骨が弱くなっていると言われて、この通りうちの人は歩くのにも不自由してますんや。あんた、それは梯子から落ちたからでっしゃろ。どうか傍聴人は静かに。ここで原告に確認しますが、お宅の訴えは当該敷地のケイカイ確定でしたね。桜の毛虫はひとまず措いて、ケイカイの件を片づけませんか。その前にさっきからケイカイ、ケイカイて、何ですねん。うちはキョウカイの話をしてますんや。民法でキョウカイはケイカイと同じです。キョウカイはケイカイ。ケイカイはキョウカイ。そんなん知りまへんがな、裁判所は庶民に分かる言葉で話してもらわな。税金払うてますんやで、こっちは！

　キョウカイはケイカイ。ケイカイはキョウカイ。どこにも着地しないまま延々と連なってゆく陳述の、一つひとつは意味をもたない音韻が次々に耳道を転がり落ちる。その間、現役時代の速記官には可笑しみすらなかったが、いまは突如、自分のものとも思えない含み笑いの粒がぱちぱちと弾けて、夢の回廊に飛び散ってゆく。キョウカイはケイカイ。ケイカイはキョウカイ。ハハハ、ハハハ。見ればまた一つ、何かの感情の球体がそのへんに浮いており、ハハハ、ハハハ、男は自分の笑い声を聴きながら、下らないのは原告のお喋りではなく、それをただ記録し続けるだけの自分の人生のほうだったのにと唾棄してみるが、笑い声は止まない。

　それはまた、ばうん、ばうんと回転する扉の向こうの、カードの王国の法廷からあふれだす哄笑と重なり、誰かれ構わず「首をはねよ！」とわめき散らすハートの女王の声と重なり、「首をはねよ！」と口真似をして笑い転げるひなの声と重なる。ねえ、もっと読んで、もっと読んで。首をはねよ！　アハハ、アハハ、首をはねよ！　ばうん、ばうんとひるがえる飛び飛びの時空の隙間には、またしばし午後六時のかたちをつくるプリマの脚が現れ、タン、タタ、タン、タタ、タン、タタ、タン、タタ、砂漠をゆく隊商の蜃気楼が浮かび、午後六時の先端でうつくしく屈曲したシルヴィ・ギエムの足の甲が天空にかかる。かと思えば、それはハートの女王が興じる奇妙奇天烈なクロッケーで、生きたハリネズミのボールを打つ生きたフラミンゴのピンク色の嘴になり、アハハ、アハハと大笑いするひなの声がなだれを打つ。すると、ユーラシア大陸のどこかの水辺では、その声に驚いた数十万羽のフラミンゴの大群がいっせいに飛びたち、その羽音が地球を半周して眼にも留まらぬ速さで回転扉をごうっと突き抜けていった。その瞬間、夢の回廊全体が二回転か三回転したのかもしれない。

網膜に光のシミが点々とあらわれ、明滅しながら飛び回る。一定のピッチやリズムのあるこのシミは、音符だろうか——。うっすらとそんな想像をした傍ら、男は耳道の奥でピロロロロロとさえずる鳥の声を聞く。いや、あれは鳥刺しパパゲーノの魔法の鈴、グロッケンシュピールではないか。すると、それに続いて柔らかいフェルトのような響きの男声のパ。パ。パ。続いて同じく柔らかな女声のパ。パ。パ。男声のパ。パ。パ。女声のパ。パ。パ。パ。それからさらに、四分音符の連続となる男声のパパパパ、パパパパ。女声のパパパパ、パパパパ。男声のパパパパパパ。女声のパパパパパパ。男声のパパパパパパ、パパゲーナ！　女声のパパパパパパ、パパゲーノ！

いつの日のことだろう、バリトンとソプラノの有名なパパパの二重唱が流れていた小学校の音楽教室の、少し黴臭く陰気な空間がふわりと脳裏をかすめてゆく。もっともそこに坐っていたのが子ども時代の自分なのか、それとも『魔笛』が大好きだったひななのか、判然としないままましばし立ちすくんだ男の耳元に、また新たにグロッケンシュピールのピロロロロロ、あるいは本ものの鳥のさえずりが立ち上がる。雲雀のピィチュピチュピチュピチュピ、ピィチュピチュピチュピチュピ。いや、シジュウカラのチュピィチュピィチュピィ、チュピィチュピィチュピィか。あるいはメジロのピィチュルピィチュルピィ、ピィチュルピィチュルピィか。そういえば、ひながカタカナを覚えるやいなや、さまざまな野鳥のさえずりの聞きなしに熱中し、大人の耳にはどう聞こえるか、一緒に聞こうと誘われて閉口したのだが、ふだん聞きなれているはずの身近な鳥の声でも、どれもこれも聞き取るのは意外に難しいものだった。燕はたしかこんな感じだったか。キュリルキュリルジジジ、キュリルキュリルジジジ。

ご飯よ！　と呼ぶ妻の声が掠め飛んでゆく。庭で聞きなしに熱中する娘と、味噌汁が冷めるのもかまわず、いつまでもそれに付き合っている夫にいら立ち始めている声。白秋の、春の鳥な鳴きそ鳴きそあかあかと外《と》の面《も》の草に日の入る夕《ゆふべ》。味噌汁の匂いの幻が鼻腔をよぎる。

男はしかし、いまはもうグロッケンシュピールや野辺の鳥たちのピロロロロロ、ピロロロロロの光のシミに包まれる心地よさにゆだねる身体をもたない。散漫に現れては消え、消えては現れる情景も、まとまった一続きの記憶になることはない。たとえばいま浮かんできたのは、高校生のひなが修学旅行先の天草で見てきたらしい天草版伊曾保物語のポルトガル語式ローマ字の話で、そこから四百年前の日本語のハ行がパ行の破裂音に近いファフィフフェフォだったことが分かるというような内容だった。それを聞いて忽然と腑に落ちたのが、古今和歌集に出てくるひとくひとくと鳴く鶯の一首だ。梅の花見にこそ来つれ鶯のひとくひとくといとひしもをる。ひとくひとくを、ふぃとくふぃとくと聞けば、一気に本もののさえずりに近くなる。

そういえば、日本書紀に出てくる頭八咫烏《やたのからす》はイザワイザワと鳴いたと記される。古今集では、秋の野で妻なき鹿がかひよと鳴き、春の野で妻恋う雉はほろろと鳴く。続千載和歌集では、御室《みむろ》の山のホトトギスがときはかきはと鳴き、源平盛衰記では鶴がひいと鳴く。ピルッピルッピルッピルッと高く澄んだ声で鳴き続けるチドリは、古くからちよちよと日本語に写され、古今集ではそれに「八」がついてめでたい「やちよ」となって、かの定家も、君が代をやちよとつぐるさ夜千鳥島の外まで声きこゆなり、というつまらない賀歌を詠んだ。また、狂言の『千鳥』では、太郎冠者が浜千鳥の友呼ぶ声をこう謡う。ちりちりや、ちりちり。ちりちりや、ちりちり。ちりちりや、ちりちりと、ちり飛んだり。時代が下ると芭蕉は、びいと啼く尻声かなし夜の鹿と詠み、江戸の戯作者為永春水は、春若みまだ鶯も片言にほほうほほうとほむる梅が香、と詠んだ。柿渋しあはうと鳴いて鴉去るは寺田寅彦。はたまた尾崎紅葉の、寒詣翔るちんちん千鳥かな。さらに上田秋成が高野山で聞いたというブッポウソウの声は、ブッパンブッパン。チチババチバチバ。雲雀の声をそう聞きなしたのは夢野久作だ。

子どものころ音楽教室で聴いた『魔笛』にどんな感銘を受けたのか思い出せないまま、男の耳道では音符の光のシミが飛び跳ね続ける。男声のパ。パ。パ。パ。女声のパ。パ。パ。パ。男声のパパパパパ。女声のパパパパパ。この二重唱は人生に絶望した男が一転して仕合せ極まりない愛を成就させる喜びの歌のはずだが、そうした感情が喚起しないところで明滅するパパパパ、パパパパパはそれこそ鳥のさえずりに近い。いや、古くから日本人が鳥や虫の声にときどきの感情を写してきたように、パパゲーノの喜びとは関係ない別の感情や物思いを好きなように想起することもできるはずだが、男はそうはしない。いまは、それよりも音の粒の運動そのものにこころを奪われ、むしろあれこれの物思いを遠ざけたまま、柔らかな産毛を撫でるようなパパパパに耳をすませるのだ。

ご飯よ！　と呼ぶ妻の声が耳の傍で反復される。その声の背後の茶の間には、大阪証券取引所の午後の市況を伝えるＮＨＫラジオの声がある。西亜建設。二千五百三十円。五円安。東栄興業。千三百二十一円。十一円安。山田住器産業。七百六十八円。七円安。谷内建設。八千七百二十三円。五十六円安。サワダ建機。千四百八十七円。変わらず。谷中土建。二千四百八十六円。十七円高。堺建設工業。三千百十五円。十円安。見ず知らずの上場銘柄の名前と終値の数字がえんえんと数百も読み上げられる間、これを子守唄にしていたひなはどんな夢を見ていたのだろう。某産業だの某建設だの、ほとんど意味を持たない名前や終値の数字が数百数千と繰り返される端からばらばらになり、まだ自動音声ではなかった時代の、アナウンサーの柔らかい生の声に乗って子どもの耳元で羽毛のように飛び跳ねていた、かの時間はひたすら静寂だったのではないか。

ご飯よ！　妻が声を張り上げる。株式市況が終わるとラジオは気象通報に変わる。これらはついこの間まで、流浪の男のポケットのなかのラジオから聞こえていたものでもある。はじめに石垣島は北東の風、風力七、天気は雨、九九四ミリバール、気温二七度。那覇は東南東の風、風力五、天気は曇り、一〇〇四ミリバール、気温二九度。南大東島は東南東の風、風力四、天気は晴れ、一〇〇七ミリバール、気温二九度。そうして順に北上して稚内までゆくと、地名は一気にソ連へ飛ぶ。ポロナイスクは北西の風、風力三、天気はにわか雨、一〇〇一ミリバール、気温一三度。次いでウルップ島からテチューへ。さらに朝鮮半島、台湾、中国大陸の長春、北京、大連、青島、上海、漢口、厦門、香港からバスコ、マニラへ。そしてまた日本へ戻り、父島は南の風、風力三、天気は晴れ、一〇一四ミリバール、気温二八度。南鳥島は南東の風、風力三、天気は晴れ、一〇一六ミリバール、気温三〇度。富士山。気温氷点下三度。

次に五月三一日正午の船舶の報告をお知らせします。南シナ海の北緯一七度、東経一一七度、西の風、風力五、天気は晴れ、気圧一一〇五ミリバール。南シナ海の北緯二一度、東経一一九度、風向・風力不明、天気は不明、気圧一一〇一ミリバール。東シナ海の北緯二七度、東経一二二度、北東の風、風力六、天気は不明、気圧一一〇四ミリバール。これはフィリピン東方やマリアナ西方まで伝えられ、続いて漁業気象へと移る。沖縄の南の北緯二一度五〇分、東経一二五度一〇分には、九六五ミリバールの大型で強い台風二号があり、北へゆっくり進んでいます。中心付近の最大風速は三五メートル、半径一六五キロの円内では風速二五メートル以上の暴風、また中心の南側七〇〇キロ以内と北側四四〇キロ以内では——。オホーツク海、日本海、渤海、黄海、東シナ海ではところどころ濃い霧のため見通しが悪くなっています。さらには日本の南からアリューシャンの南にかけて、濃い霧が発生している海域が伝えられ、モンゴルやアムール川上流の低気圧とその進行方向、日本付近の高気圧の等圧線が緯度と経度で詳細に示されて、気象通報は終わる。これを毎日聴き続けていた幼い脳は、日々日本を含む東アジアの海や空へ飛んでゆき、未だ見ぬ風景を幻視していたのかもしれない。そして、各地を彷徨していた男自身も。

　それにしても、一つ一つは意味をもたない音の粒への偏愛は自分にこそあると男は思う。一語一語に丹念に意味をこめた先祖たちにあえて背を向け、数珠の糸を切るようにして言葉のかたまりを解体し、意味を失った音を耳に転がして遊ぶ。言葉のすみずみに生々しい感情が張りついて剝がれない謡曲よりも、もともと意味があってないような風土記がお気に入りだった理由はそれだ。いや、ほんとうは、自分はむしろ身の周りにある分厚い意味の層から逃走したというべきか。いや、より正確には、意味の雲は逃げても逃げても追いかけてきて、けっして自由にはなれなかったのだが、それでも懲りずに逃げ続けてきたというのが正しい。たとえば、余った土地を引き寄せ、縫い合わせて国をつくる国引きの話で始まる出雲国風土記。童女《をとめ》の胸《むな》鉏《すき》取らして、大魚《おふを》のきだ衝き別けて、はたすすき穂振り別けて、三身《みつみ》の綱打ち挂《か》けて、霜黒葛《しもつづら》くるやくるやに、河船のもそろもそろに、国来《くにこ》国来と引き来縫へる云々。そうして国を引き終えた神が、意宇杜《おうのもり》に御杖を衝き立てて「意恵《おゑ》」と詔《の》りたもうたのが意宇の地名になったとか。地名の由来では、一つ目の鬼に食われた男が、父母に危険を知らせるために「あよ、あよ」と言ったという逸聞も出てくる。あよ、あよ。これが阿《あ》用郷《よのさと》になったというのだが、現代の人間はこんな話をいったいどう受け止めたらよいか分からないし、むしろ意味を排したほうが具合がよい。また、郷の一つ一つに「凡て、諸の山野にあるところの草木は」として、植物の名前がただ列挙されるのも心地よい。やまかがみ、ありのひふき、やまあゐ、えやみくさ、いをすき、はみ、つちたら、よろひくさ、かははじかみ、ほとづら、ゆり、いはくみ、いはくすり、とりのあしくさ、やませり、いはのかは、やますげ、はひまゆみ、みらのねくさ、まつほど、くずのね、わらび、ふぢ、すもも、ふさはじかみ、ひのき、すぎ、かへ、あかぎり、あをぎり、つばき、つき、つみ、にれ、きはだ、かちのき。聞いたことのある草木の名前はほんのわずかだが、聞いていて飽きない。

またたとえば、あるところに棲んでいた蛸を鷲がさらってきて留まった嶋が蛸嶋《たこしま》になり、蛸嶋の蛸が蜈蚣《むかで》をくわえて来て留まった嶋が蜈蚣嶋になる。またあるときは、建借間命《たけかしまのみこと》が荒ぶる賊を滅ぼすために一計を案じる。海渚《なぎさ》を厳餝《かざ》り、舟を連ね、栰《いかだ》を編み、雲蓋《くもきぬがさ》を飛《ひるがへ》し、虹旗《にじのはた》を張り、天鳥琴《あめのとりごと》・天鳥笛《あめのとりぶえ》は波に随ひ、潮を逐《お》ふ。杵を鳴し唱曲《うたうた》ひ、七日七夜遊楽《あそ》び歌ひ舞ふ。これを聞きつけた賊たちは、男女悉尽《ことごと》に出で来、浜を傾けて歓び咲《わら》ひ、そこを建借間命の兵士たちが後へより襲ひ繋りて、尽《ことごと》に種属《やから》を囚へ、一時《もろとも》に焚き滅ぼせり。此の時、痛く殺すと言へるは、今、伊多久之郷《いたくのさと》と謂ひ云々。こんな半ば冗談のような逸聞を、千三百年前の日本人たちはどう聞いたのか。

いや、気が狂うこともなく四十年も裁判所の速記席に坐り続けていられた男が訝ることではないだろう。煩雑きわまりない民事訴訟の場で、一音たりとも落とさず速記用タイプライターで言葉を拾ってゆく間、ただ全身が耳になっているときの心身の静けさときたら！　不正競争防止法一条一項一号または二号所定の他人には、特定の表示に関する商品化契約によって結束した同表示の使用許諾者、使用権者及び再使用権者のグループのように、同表示のもつ出所識別機能、品質保証機能及び顧客吸引力を保護発展させるという共通の目的のもとに結束しているものと評価することのできるようなグループも含まれると解するのが相当であり云々。

ご飯よ！　その妻の声もとうの昔に意味を失い、たんに四つの音が反復されるだけのいまはもう男の感情を揺らせることもない。いや待て、そうとも言えない。そら、何度か耳元に戻ってくるうちに、いまふと何かが脳裏をかすめていったのだ。ある日、ご飯よ！　と夫を呼ぶ声が途絶え、二度と再び聞こえることがなかったのは、ほんとうにこの身に起きたことだったのか、それとも何か別の出来事と混線しているのか。

男は濡れた薄紙のような記憶の断片を引き寄せ、脈絡の糸で仮留めして、そうか、あれは最初の妻と暮らしていた仕舞屋の、隣の家の夫婦だったかと思い直す。声楽教師の女房は鋭く透る針金のようなソプラノの声域の持ち主で朝夕、ご飯よ！　と亭主を呼ぶ。株をやっている亭主は市況に夢中ですぐには腰を上げないのか、ご飯よ！　はだんだんピッチを上げながら数回繰り返される。その前後には信州味噌や焦げた焼き魚の匂いが立ち込め、亭主の代わりにいつも庭先の犬がワン、ワンと応えていた。一方、裁判所勤めの安月給の速記官と百貨店の売り子の女の、つましい若夫婦のほうは、互いに呼んだり呼ばれたりする必要もない。部屋はサイフォンで淹れたコーヒーの匂いがし、料理と呼べるような料理は何もなかった代わりに、近くのパン屋で買ってくる焼きたてのバゲットがあり、缶詰のコンビーフやスパムがあり、夏はトマトやキュウリ、冬は簡単なポトフがあった。もっとも、それらもあまり盛大に食べられることはなく、食べ残しで散らかった食卓をそのままにして、食欲よりも性欲が勝っていた二十代の男女は互いの身体のほうに夢中だったのだ。

そしてそういう時間、ピアノに合わせて駆け上がったり駆け下ったりする声楽教師のソルフェージュやアリアの声を、布団のなかで聴くともなく聴くうちに若い夫婦は互いに少しずつ寡黙になり、鈴を転がすような音の粒たちに誘われて、それぞれ思考がどこかへ飛んでいったのかもしれない。いや、そうだとしてもいちいち呼び戻す必要もないほどまとまりもなく他愛もない、どうでもいい雑念だったはずだが、その間、少なくとも相手への集中は途切れており、数秒か数分は存在も消えていたかもしれない。そうして男は『蝶々夫人』の「ある晴れた日に」や『ランメルモールのルチア』や、あの『魔笛』の夜の女王のアリアに耳をそばだて、それらを聴いた小学校の音楽鑑賞の時間や薄暗い教室の空間とともに、そこに坐っていた子ども時代の息苦しさ全般を呼び戻して放心する。その傍らで、退屈した妻は滝田ゆうの『寺島町奇《き》譚《たん》』をめくっては、うふふと仕合せな一人笑いを漏らし、その周りを声楽教師のコロラトゥーラの、発狂したような高音のアルペジオの水滴が飛び跳ねる。アアアア、ハハハハ、ハハハハハハア、アアアア、ハハハハ、ハハハハハア、アアアア、ハハハハ、ハハハハ、ハハハハ、ハハハハ、ハハハハ、ハハハハア。柔らかなパパパの二重唱とは対照的に、夜の女王のアリアは怒りのあまり発狂した女王の狂気の笑い声そのものだが、眼には見えない天空の音階を風のように駆け上がり駆け下り、また駆け上がる光の水滴のうつくしさ、軽やかさこそ、復讐に燃える女王の恐ろしさをより際立たせていたのは確かだ。アアアア、ハハハハ、ハハハハア、アアアア、ハハハハ、ハハハハハア、アアアア、ハハハハ、ハハハハ、ハハハハ、ハハハハ、ハハハハ、ハハハハハア。

真っ暗な男の耳道のどこかで犬が鳴き、続いてカンカンカン、カンカンカンカンという半鐘の音が近づいてくる。火事よ！　妻が飛び起き、火事や！　家の外で誰かが叫ぶ。そうだ、朝夕のあの「ご飯よ！」が聞こえなくなったのは、ある夜、隣の家から火が出たからだった。カンカンカン、カンカンカンという消防車のけたたましい半鐘と、コロラトゥーラのハハハハ、ハハハハ、ハハハハハの狂気の笑い声がいまも数秒、夜空を焦がして響きわたるのを耳にしながら、そういえばあのころ、自分たち夫婦にもちょっとした危機が訪れていたことを男は思いだす。危機と言っても、理由らしい理由もない、ただの気持ちのすれ違い以上のものではなかったはずだが、ひょっとしたら朝夕、布団に忍び込んできたコロラトゥーラのアルペジオが男女の脳波を少しずつ変形させ、ひそかな狂おしさへと駆り立てたということもあったのではないか。なんとなく会話がなくなっていた男女の間で、寝ても覚めても飛び跳ねていたハハハハ、ハハハハハ、ハハハハハ、ハハハハハの八分音符の粒は、きらびやかな光をまき散らしながら誰もそうとは気づかない愛情の終わりに向けて、時を刻んでいたのだろうか。

存在しない手のひらのなかに、転げるようにして外へ飛び出したときの妻の手指の感触が残っているのを感じる。隣の前栽で先に逃げた株屋の亭主が飛び降りろと叫び、二階の窓の煙のなかで声楽教師が金切り声を上げている。飛び降りろ！ 飛び降りろ！ 近所の人たちも叫んでいる。半鐘のカンカンカン、カンカンカンがそこまで来ている。アアアア、ハハハハ、ハハハハハア、アアアア、ハハハハ、ハハハハハア。飛び降りろ！ そういえば『ジェイン・エア』で火の出た屋敷の屋根から飛び降りた女の名前は何だったろう。夫によって屋根裏部屋に閉じ込められ、ときおり狂気の笑い声を響かせていた女が炎とともに落ちてゆく姿が瞼をよぎり、ハハハハ、ハハハハハ、ハハハハハ、ハハハハハのアルペジオが駆け抜け、窓から飛び降りる声楽教師に入れ替わる。ソプラノの悲鳴が上がる。大丈夫や！ 株屋の亭主が叫ぶ。消防士たちが駆けつけ、近所の人びとが安堵の声をあげ、男の耳の奥ではなおも夜の女王の笑い声が繰り返し響きわたっていた賑やかな春の夜、ピアノは焼けてしまったが、誰もケガはしなかった。

その後、速記官と百貨店勤めの夫婦は半焼した仕舞屋から引っ越しをしなければならなくなって急に気持ちが沈むようになり、結局別々のアパートを借りて、間もなく離婚した。さっきまであった妻の手指の感触はもうない。狂乱の声もない。そういえば定家が春の憂いを詠んでいる。さてもうしことしも春をむかへつゝながめ〳〵むはての霞よ。

どのくらいの時間が経ったのかは分からない。しばらく空になっていた音のプールの底に、いままた小さな声の泡が湧きだす。初めはたしかな音節もない、生まれては溶けだす薄い泥水のようだったが、間もなくこぽこぽと泡立ち始めて一つ、二つと数えられるモーラが生まれ、転がりだす。のろんじ。ひきひとまひ。でんがく。くぐつまはし。たうじゅつ。しなだま。りうご。やつだま。ひとりすまひ。ひとりすごろく――。でんがく。すまひ。すごろく。ところどころなにがしかの意味をもってまとまるものもあるが、ほとんどの音節は耳に届く端からばらけて泡と消え、また立ち上がっては耳の周りでまとまったり、ばらけたりだ。のろんじ。ひきひとまひ。でんがく。くぐつまはし。たうじゅつ。しなだま。りうご。やつだま。ひとりすまひ。ひとりすごろく。

やがて、それらの音のかけらたちを圧し包む笑い声の泡が新たな膜となって男の耳を覆い、男は存在しない仮想のわが身を乗り出して耳をすます。数十、数百の笑い声のさざ波は濃くなったり薄くなったりしながらそれぞれ一定のかたまりをつくり、どこかの境内や広場のような空間に広がっているようだ。そこにまた一瞬、のろんじ。ひきひとまひ。でんがく――と、何かを数え上げる声が走り去り、男はアッと思う。酔狂な高校生のひなが、図書館で見つけた新猿楽記の一節を得意げに親に読み聞かせる声。ところが自分で読みながら自分で笑いだし、それこそほとんど声にならなかった、あのときの、のろんじ。ひきひとまひ。でんがく。くぐつまはし云々。そのときひなが何を考えていたのかは分からない。いや、こちらが真剣に耳を貸さなかったのかもしれない。特段何かに追われていたというわけでもあるまいに。とまれ、子どもはみな幾つになっても謎の固まりだ。のろんじ。ひきひとまひ。でんがく。くぐつまはし。たうじゅつ。しなだま。りうご。やつだま。ひとりすまひ。ひとりすごろく――。その声に呼び出されたに違いない、眼を細めると、年中行事絵巻のどこかで観た稲荷社や賀茂社の祭礼の日の境内の、田楽や猿楽の雑踏が行く手に浮かびあがる。

そこでは咒師《のろんじ》が剣を振り回して意味不明の陀羅尼を唱え、怪しげな小人が滑稽な舞を舞い、田楽の集団は笛や太鼓を鳴らし、腰鼓を打ち、ササラを振り鳴らす。品玉や八玉のジャグリングがあり、唐から来た手品や曲芸があり、尊大な役人や比丘比丘尼を茶化す物まねが見物人の大笑いを誘う。囃し立てる庶民がおり、ばくち打ちがおり、出車《いだしぐるま》や副車《そえぐるま》の物見から覗き見る貴族たちがおり、お上りさんがおり、巫遊《かんなぎ》がおり、京童《きょうわらべ》がいる。その雑然渾然にしばし耳目を奪われながら、ひなが面白がったのはこの猥雑な猿楽の風景なのか、それともいまでは解説なしには意味が取れない千年前のものの名前のあれこれなのか、ふいに尋ねてみたい衝動に駆られて男は辺りを見回す。ひな。ひな――。男は娘の名前を呼んでみたが、存在しない声帯を通り抜けた空気が声になることはない。いや、男には自分が娘の名前を呼んだということも定かではない。そうしてなぜ娘の声がするのか、いまはあらためて心もとなさを覚えながら、どこからか湧き出しては飛び飛びに散り舞うその声に、男はただ聞き入ることしかできない。夢を見る者にとって、当の夢はつねに不自由そのものだ。のろんじ。ひきひとまひ。でんがく。くぐつまはし。たうじゅつ。しなだま。りうご。やつだま。ひとりすまひ。ひとりすごろく。アハハ、アハハ――。

そのとき、男の行く手ではまた、ばうんと回転扉がひるがえり、見る間に時雨が立ちこめてゆく。降り出した雨に叩かれて祭の雑踏は散り散りになり、喧噪はかき消えて辺りは雨音ばかりになる。ひなの声ももうない。

降りしきる五月雨が風に流れ、男の視界に紗をかける。人けも絶えた都大路では雨に追われた下人が羅生門に駆け込んでゆき、源氏物語に云う「つれづれと降り暮らしてしめやかなるよひ」に内裏では殿上人らが雨夜の品定めに興じ、江州へ向かう唐の詩人は雨夜をゆく舟の上にいる。かの定家卿の子の、そのまた子にあたる冷泉某が、舟よする波に声なき夜の雨と詠んだのはその光景を幻視したのかもしれない。

そして、ばうんとまた一つ回転する扉の向こうでは、いつの世のことか、老いた歌詠みが雨の下で濡れそぼつ庭に悄然として見入っている。どうやら、若き日の源氏らの品定めにも、右京大夫の某が新猿楽記に記した周到しごくの女づくしにもう興はわかない様子であり、雨中に一首、二首、茫洋と思い出されるのは、軒の雨のむなしき階《はし》をうつたへにねられぬ夜はの秋ぞつれなき、あるいは、夢くらきしらぬ外山の鹿の声さむる枕の雨にたぐへて、あたりか。

いや、ひるがえり、ひるがえりする扉の合間には、男の祖父母や父や母など、とうの昔に夜《や》台《だい》の客となってなお、昏い土の下で雨音に聞き入る亡者たちの気配もあったかもしれない。男はひとりはらわたを締めつけられながら、行く手にあの球体がまたふわりと浮かんでいるのを見、存在しない脚でそれを蹴り上げる。すると球体は音もなく弾け飛び、雨上がりの雲間にフラミンゴの嘴のアーチがかかる。そうか、ひなはとうの昔に死んだのだ。

5

空白がひとつ途切れ、男はある寝覚めの感覚に包まれる。手や足はなく、頭もなく、胴体のかすかな重力だけがある。眼は開いているが、何が見えているというのでもない。音もない。男がこれを寝覚めだと思うのは、その静けさを覚えているからだ。

子どものころからときどきこうして眼を覚まし、えもいわれぬ心身の静けさに身をゆだねる数分、文字通り雲の上にいるのだと思い、控えめな歓びに包まれた。いや、薄く開いた眼がしばしば濡れていたことを思うと、歓びの装いをした悲嘆だったのかもしれない。そうしてやってきた稀有な時間、男はふだん考えないことを考える超能力を得て、祖父の十三回忌の席で父親を面罵した自身の非常識を静かに反省したり、授業をまったく聴いていなかった物理の熱力学第二法則について、どこで何をどうしたものやら、いつの間にか十分な理解に達している自分がいたりした。またあるときは、娘の育て方が難しいと苛立つ妻の愚痴に聞き入りながら、そういう妻にふだんは覚えない慈愛を覚え、そうかと思えば、家族も仕事も暮らしも消えた真っ白な床を滑る舞の足を茫々として眺め続けていたりしたのだが、どれもほんとうの自分ではありえないという意味では、寝覚めというより、なおも夢の途中であったというほうが正しいのだろう。

とまれ、自分の身体が知っている感覚のなかでは一番気に入っているそれが、いまもあるのだった。正確には、自分の意識をどこかへ運び、自分ではあるが自分ではない何者かが、懐かしい世界の片々をかき集めるようにしてなにがしかの夢を待ち受ける状態、と言うべきか。しかし男は、自分で見たい夢を選ぶのではない。それはどこからか滲み出してくるのであり、それに先立って、あとさきも脈絡もない、ばらばらの記憶の片々が薄く張った氷の上をけむるように流れてゆくこともある。白い足。女たち。幾つもの垂纓。トンボの翅。女の黒髪を詠みあげる歌詠み。フラミンゴの嘴。ひなの笑い声――。どれも、陰気というより孤独で移り気にして存外に助平な男の心身から絞り出され、滴り落ちては薄昏い湿り気を帯びるのだが、泪《なみだ》が滲むのはそれらのあまりの意味の無さに対してか、それともそれらすべての底に流れている欲情の深さに対してか。

洗い髪のひたひたと揺れる下の、地肌のつんとする匂いがよぎる。少し毛深い、湿り気のある皮膚の吸いつくような重みと脂肪の冷たさがある。夜更けの熱が退いたあと、処理しきれなかった種々の思いが冷えてゆくのを二人してじっと眺めていることしかできない時間には、いつも死のうかというゆるい思いつきに襲われ、先の無さが前の日よりさらに際立っているのを思い知らされた。いまも寝覚めの静けさの端に、そんな胸苦しさが引っかかっているのを感じながら、雲の上の男は、ひとまず何がどうというのでもない泪を浮かべる。

そう、いまもふと、名前はもう思い出せない二十三、四の女の脇の下の匂いのかすかな名残の幻に男は鼻腔を震わせる。湿り気のある皮膚の、ひたひたと吸いついてくる手触りを思い浮かべ、その手を女の脇腹の起伏に這わせる間、粘度のある液体がガラスの管のなかをゆるゆる上昇してゆき、熱を持ち、膨張する。管からあふれだしたそれは男の毛細血管へ、肺へと流れ込み、男を溺れさせる。またあるときは、手の下に横たわっていたはずの女の身体がぬめりのあるトーラスになり、その内部に吸い込まれた男は出口のない無限の曲面を這いまわる蚕と化す。もう眼はなく、耳もなく、べつに必要でもないからか、女の名前や出会った経緯、勤め先などはみな忘れ去ったが、それでも男は、未練がましくいまこそ何かしら言い当てなければならないものがあるような気がし続けるのだ。ほとんど焦燥と区別のつかない享楽、あるいは退廃。醜悪と重なり合う美。ごくごくつまらない死——。いや、どれも正確ではない。結局のところ欲情とは、個別の事情は要らない、個別の目鼻立ちや名前も要らないところで男と女が相対するとき、二つの身体から染み出す欲望の粘膜の、言葉で言い当てることのできない無名性に便宜的につけられた名前なのだろう。

いや、女はそんなことは考えないかもしれない。黒髪のみだれもしらずうちふせばまづかきやりし人ぞ恋しき。そう詠んだ和泉式部の息遣いの生々しさに、男の定家はどこまでも追いつくことがない。だからだろう、磨きぬいた言葉で完璧に組み上げられたその三十一文字の営みには、自由な生身をもたない職業歌人が自身の虚無を覗き込むような哀しみや可笑しみが見え隠れし、そこがなんとなく男の肌に合ったのだ。そうか、あれは裁判所の休憩所で慰みに拾遺愚草を開く男を、また難しい顔して何を読んではるのかと思うたらと笑った女だったか。同じ職場の事務職員で、古典を読んだりする女ではなかったが、定家を時間潰しの友にした男を敬遠することもなかった。いい加減セックスに飽きると、女は布団のなかで『寺島町奇譚』を読み始め、いつの間にか敷布に顔をうずめてひくひく笑いだす。カッパン、コッポン、カッパン、コッポン。滝田の漫画は、戦後間もない東京の下町の私娼街の路地をゆく駄馬の、蹄の音がいまにも聞こえてきそうだった。カッパン、コッポン、カッパン、コッポン。そういえば、ゆきなやむ牛のあゆみに立つ塵の風さへ暑き夏の小車と詠んだ定家も、こんな蹄の音を聴いたのかもしれない。男はそのままなおも記憶を手繰り、下町の路地で遊ぶ子どもらの声と、土ぼこりの舞う夏の都大路の間を行き来するが、女の名前はぴたりと止んだ昼下がりの熱い微風のように、どこかに行ったまま戻ってこない。

そして、上昇と下降が入れ替わり続ける無限の回廊のどこかで、くだんの歌詠みもまたふと眼を覚ましており、艶やかな男女の寝覚めならぬ、老いの寝覚めのあぢきなき痴れ言に、人知れず羽が生えるのだ。

其れ、しばし寄る辺なく漂ふあひだ、何かはあはれならざらんと覚ゆ。げに、前大僧正慈円は、年ニソヘ日ニソヘテハ物ノ道理ヲノミ思ヒツヾケテ、老ヒノネザメヲモナグサメツヽ、イトヾ年モカタブキマカルマヽニ、世ノ中モヒサシクミテ侍レバ、昔ヨリウツリマカル道理モアハレニオボエテ、となむ云ひける。また、かの貞慶上人も、さやかなる明け暗れに睡《ねむ》り寤《さ》めれば、愚迷発心集に曰く、寂寞たる床上に双眼に泪を浮かべてつらつら思ひ連ぬることあり、と。されば、歌詠みは？

いま、寝覚めの昏き淵よりたどたどしき声の雫ぞ、つぶつぶと漏れ聞こえたる。曰く詞はふるきをしたひ、心は新しきをもとめ、およばぬたかき姿をねがひて、寛平以往の歌にならはゞ、おのづからよろしき事も、などか侍らざらん云々。やれ、昔かの右大臣実朝卿に送りし和哥秘々にやあらん。覚えず耳を立て、紗を掻きはらひて覗きたれば、露こぼるる石室に亡者が二人向ひ居るなり。直衣姿の一人は雪の降り積む己の御首――あるべかしき垂纓の冠も無き髻こそあはれなれ――を膝にのせ、右手に細やかなる草紙を携へてそれを口漱《すす》ぐらし。おぼろなるその声は御首より放たれたるか、あやしめらるるもをかし。

さても鎌倉の世籠もりておはしける実朝卿の、丈高く、詞おもしろき歌を詠み給ふことに驚き、さはれ古きを知り給はず、本歌の用ゐるを知り給はず、惜しげなりと覚えて、わづかに弁《わきま》へ申すことぞ記しおき給へける。久しく思ひ過ぐしける己が本歌云々に耳立つも、在りし日に右大臣正身《さうじみ》にまみゆるふしもなければ、これぞすずろなる行き合ひに侍りける。あなかしこ、いまも根の国にて頑なる歌詠みのあやなき託言《かごと》より学び、歌を詠み給へるや。さらぬだに、世の中はつねにもがもな渚漕ぐ海人の——は伝はりけるが、それもさるものにて、うば玉のやみのくらきにあま雲のやへ雲がくれ雁ぞ鳴くなる、は見事なり。構へ出ださざる詞、強《つよ》りて計りなし。如何なる闇の黒むを見給ふやと声もなかりければ、これぞ東国のひとの眼なるべき。古きをもとめず、本歌や余情妖艶の体は無用の歌もありけるらし。

　さりとても、在りし日に前大僧正より、愚かに用心なくて文のはうありける実朝云々と漏り聞き給ひけるを、さは覚えず。見よ、向ひ居る片方は実朝卿の侍読なりける源仲章朝臣にて、あはれ、これも実朝卿とともに斬られし夜の直衣を乱るるままに面も振らず、唱ふるは貞観政要なるや。曰く、およそ大事はみな小事より起こる、小事論ぜずんば、大事またまさに救うべからざらんとす云々。げに子曰く、学びて時にこれを習ふ。亦説《またよろこ》ばしからずや。まことに実朝卿は東国の王にて、必ずしも武者にあらざるを前大僧正は忘れ給ひけむ。

　さはれ、保元元年の乱逆起こりて後、武者の世になりにけるなりと前大僧正が云ひけむは然なり。鎌倉へ実朝卿の拝賀に参りける大納言忠信、中納言実氏、宰相中将国通、正三位光盛、刑部卿三位宗長ら、色を失ひ、急ぎ立ちて帰洛し給ひければ、走り歩きて変事のことごとを此方彼方に伝へ給ひける騒ぎのおどろおどろしき。朝に身内を過ち、夕に身内に過たれる鎌倉の習ひに我ら如何で馴らふまじ。否、然のみやはとて、治天の君は然なり給はぬを、水無瀬殿《みなせどの》に走りける騒ぎの此れ彼など歌詠みは知りたくもなかりけり。

歌詠みのそんなつぶやきを聴いているうちに、手を伸ばせば届きそうなところに見知らぬ老尼の顔がひとつ。埃にまみれた古い尼頭巾の下から、表情のない薄い眼が窺うようにこちらを見る。歯の無い、皺深い口元をくしゅくしゅとすぼめてほほえみ、何事か発したか——。

そうだ、老尼に年の程など聞くも、めづらしき心地して、かかる人こそ昔物語もすなれ、と思ひいでられて、などとあった『増鏡』の冒頭にこんな老尼が出てくる。曰く、すげみたる口うちほほゑみて、若かりし世に見聞き侍りし事は、ここらの年ごろに、むば玉の夢ばかりだになくおぼ惚れて、何のわきまへか侍らん、とは言ひながら怪《け》しうはあらず云々。

行きずりの人に昔語りを請われた老尼、『水鏡』『大鏡』『今鏡』に続くべく、今もまた昔をかけばます鏡ふりぬる代々のあとにかさねんとて語りだすに、御門《みかど》始まり給ひてより八十二代にあたりて、後鳥羽院と申すおはしましき。御いみなは尊成《たかひら》。これは高倉院第四の御子、御母七条院と申しき、と。治承四年四月に始まる『吾妻鏡』第一巻の冒頭に同じ文言が見える。高倉院の第一皇子で四月に即位した安徳天皇に続き、後鳥羽院、諱は尊成、同第四皇子、御母は七条女院、贈左大臣修理大夫信隆公の女、と。はたまた『六代勝事記』には、隠岐院は高倉四子。御母七条院〈贈左府藤原信隆女〉なり。安徳の後をつげり。寿永二年八月廿日御年四歳にして位につき給へり、とある。さらにかの『愚管抄』は、慈円の老いの執念にも似た呟きが、高倉院ノ王子三人ヲハシマス。一人ハ六波羅ノ二位養ヒテ船ニ具シ参ラセテアリケリ。イマ二人ハ京ニヲハシマス云々と続く。

気がつけば、息を殺して同時代の世継ぎを見つめていた武家、公家、男たち、女たちの息遣いが次々に集まってきて小さな星雲になり、男の声、女の声、厳かな声、柔らかな声が輪唱になって右から左から響き合う。さて、自分はまたいったいどこにいるのだ——。ここはくだんの老尼がいたどこかの境内などではない、半世紀以上も昔の洛北高校のかび臭い教室か？ 初めに老尼に見えたのは、あれは絶対入れ歯だとみんなが信じて疑わなかった年配の古典教師だったのではないか。そうだ、あだ名は源氏物語の「紅葉賀」に出てくる源典侍《げんのないしのすけ》だった。六十近い年増で、いつも古い着物のような樟脳の匂いをさせており、教室を行ったり来たりするパンプスの靴音と、『建礼門院右京大夫集』や『後撰和歌集』や『伊勢物語』を読み上げる少女っぽいとろみのある声が、午後の退屈な教室を睡魔で満たしてゆくのだった。寿永元暦などのころ世のさはぎは、夢ともまぼろしとも、あはれともなにとも、すべて〳〵いふべききはにもなかりしかば云々。あるいはまた、むかし、男ありけり。むかし、男ありけり。むかし、男ありけり。

いつも無性に眠かった一方で、百歳《ももとせ》に一歳《ひととせ》たらぬつくも髪われを恋ふらし、などと詠む女たらしの業平や、さむしろに衣かたしき今宵もやと詠む業の深い老女に、なにかぞっとするような男女の陰影の深みを覗き込んだような記憶もあるのは、源典侍の授業でそんな解釈を聞いたからだ。曰く、源氏物語は女が男や女を見ているのに対して、伊勢物語は男が見た男や女を女がさらに覗き返している、と。そう言われてみれば、つくも髪と業平の間にはいくばくかの情念の湿り気もあるが、老いて盛んな源典侍をからかう若い源氏と頭中将には下半身すら感じられなかった。男はそんなことをいまさら思いだす傍ら、机の下で男どもの手から手へと渡っていたビニ本の手触りや、気になる女子の視線や、何カ月も渡しそびれたままのラブレターのことなども併せて思い返しており、その夢の半身の周りにはなおもあれこれの声が寄せては返し続ける。それにしても、あの古典教師の名前は――？

老尼が言祝ぐ後鳥羽院は、四つにて位につき給ひて、すべて三十八年が程、この国のあるじとして万機のまつりごとを御心ひとつにをさめ、百《もも》の司を従へ給ひしその程、吹く風の草木をなびかすよりもまされる御有様にて、とかいう。建久九年正月、土御門天皇に譲位して治天の君となって後は、曰く、水無瀬殿を造営して御心ゆく限り世を響かして遊びをのみぞし給ふ。げに千世を籠めたる霞の洞《ほら》なり云々。そのころ、未だ下﨟なりし中納言定家が奉られける歌。ありけんもとの千年にふりもせでわが君契る峯の若松。当面の除目しか眼中になかった三十代とはいえ、あの歌詠みがこんなつまらない歌をどんな顔をして詠んでいたものか。

とまれ、そんなあるべかしき帝王も、別の眼にはまた違う姿に映る。『承久記』に曰く、御腹悪テ、少モ御気色ニ違者ヲバ、親《まのあた》リ乱罪ニ行ハル。大臣・公卿ノ宿所・山荘ヲ御覧ジテハ、御目留ル所ヲバ召シテ、御所ト号セラル。御遊ノ余ニハ、四方ノ白拍子ヲ召集、結番、寵愛ノ族ヲバ、十二殿ノ上、錦ノ茵《しとね》ニ召上セテ、蹈汚サセラレケルコソ、王法・王威モ傾キマシマスト覧ト覚テ浅猿《あさまし》ケレ云々。また『六代勝事記』には、芸能二つを学ぶ中に、文章に疎にして弓馬に長じ給へり、とある。国の老父ひそかに、文を左にして武を右にするに、帝徳にかけたるをうれふる事は、彼呉王剣客を好みしかば天下に疵《きず》をかぶるもの多く、楚王細腰をこのみしかば宮中にうへてしぬる者おほかりき。その疵とうへとは世のいとふ所なれども、上のこのむに下のしたがふゆゑに、国のあやふからん事をかなしぶ也。

否、あの源典侍なら、どちらの顔が真実というわけではないと言うかもしれない。右京権大夫義時追討の院宣を発して大乱を招いた帝王を見る眼は立場によってさまざまだろうし、そもそも御簾の奥におわす治天の君の人となりを直に知り得た人がどれだけいたことか。一方で、院に取り立てられていた慈円をはじめ、近臣たちや和歌所の寄人たちは口が裂けても院その人に言及することはなく、女院や女房たちもまた語ることはない。代わりに、たびたびの御幸や御遊を遠巻きにした人びとや、貴族たちから漏れだす噂話が折々にふりつもり、貴族は貴族の、武家は武家の思うところに従った後鳥羽院A、後鳥羽院B、後鳥羽院Cが語られてきたに過ぎない。また、慈円のようにもう少し頑張って大局に立ってみても、最終的には曰く、カクノゴトク分別シガタクテ、トカク或ハ論ジ或ハ未定ニテスグルホドニ、ツイニ一方ニツキテ行フ時、ワロキ心ノヒクカタニテ、無道ヲ道理トアシクハカライテ、ヒガゴトニナルガ道理ナル道理也、と切って捨てられる。敗者の宿命というより、乱によって結果的に武者の世を決定づけてしまったことに対する恨みを、朝廷を中心とした国の秩序を重んじる慈円は後鳥羽院に押しつけたということだ。

なるほど、『増鏡』の老尼にも、滅びゆく者への哀惜の下にそんな恨み節が隠されているかもしれない。建礼門院右京大夫が詠むのは平家の滅びだが、いつの世も男は武勲や名誉を奉じて死に急ぎ、永らえた女はその不在を見つめ続けることで哀しみから空虚へと突き抜ける。そこに広がるのは、宗盛や維盛や重衡が知らない現身《うつしみ》の魔物の世界であり、源典侍が言うには、男たちが怨霊や亡霊になって現世につながろうとするのとは違う、底無しの虚ろが泪の底に張りついているのだということだった。かくて、建礼門院右京大夫が詠んだ歌。なべて世のはかなきことをかなしとは、かかる夢みぬ人やいひけん。また、源典侍の好みだった『後撰和歌集』にはこんな歌もあった。年をへて心かけたる女の、ことしばかりをだにまちくらせといひけるか、又のとしもつれなかりければ、という昼のメロドラマのような詞書のある歌。人心憂さこそまされ春立てばとまらず消ゆるゆきかくれなむ。いや、ほんとうは伊勢物語二十三段の「筒井筒」に出てくる女のほうがもっと怖いかもしれない。身勝手な理由で女のもとへ通ってこなくなった男を何年も待ち続けながら、六条御息所のような生霊にはならない強靭な心象こそ、底無しの虚ろというやつだ。一方、男のほうはそんな女のこころのありようを想像したこともないのは確かで、だからそんな別れ方ができるのだろうが、では自分は——と振り返ると、ラブレターを渡しそびれた女生徒を含めて両手の指で足りるほどの数の女たちはみな、案の定かたちもない。

それにしても、大きな理由もなく何かの拍子にふと大事なものを手放してふらふらと彷徨いでてゆき、気がついたときには後の祭りということを何度繰り返してきたことか、と男は慰みに考えてみる。ほんとうは手遅れというほどのこともなく、その気にさえなれば難なく戻ることもできた場合がほとんどだったはずだが、そのつど自分の行く手には意地というほどでもない、むしろ怠慢か無情に近い空白があらわれてそこに至るまでの時間を遮断し、過去を消してしまうということが起こるのだ。そうだ、あのラブレターもほんとうは渡しそびれたのではない。どこかの時点で女生徒、もしくはラブレターそのものがどうでもよくなってしまい、女生徒の存在はあまり思いだすこともない過去へと流れ去っただけではないか。いまならそんな惜しいことはしないのに。そうしていつものことながら、手も足もない夢の浮遊物となったいまになって、男はいままた実現しなかったあれこれの時間をこれでもかと生き直す夢想に駆られている。名前はもう思いだせないあの女生徒の白いソックスの足が見える。学校近くのバス停で文庫本を開いている手指の柔らかさを感じる。艶やかな額をひっそりとうつむけて『ユリシーズ』に読み耽る、その額の下の白子のような前頭葉に一瞬自分の指が触れたような感覚がわき起こる。存在しない脊髄が震え、下半身を生温かい血がめぐり、鈍い痛みが走る。なにがジョイスだ、駄菓子をぎっちり詰め込んだ大風呂敷みたいな小説のどこがいい。頭でっかちの十七歳が夢のなかでひとり毒づいてみる。
いや、ほんとうは自分には手に負えないのが悔しかっただけだろう。いやそれ以前に、自分と女生徒では重なるところが一つもなかったというべきだが、そういう異性に限って気になって仕方がない不治の病は、十代にして早くも重篤だったか。男はそう自嘲する一方、女生徒との経緯にはもう少し続きがあったことを一寸思いだしているが、それがかたちになる前に、時空はまた再びあのかび臭い教室の時間へと巻き戻され、そこには『増鏡』の老尼がいるのか、あるいは源典侍がいるのか、千年前の武者の世を語る諸声がざわざわと立ち戻ってくる。どことも知れない墓室、あるいは幻の内裏に集う人びとの、忍びやかに揺れる濃淡に樟脳の香がまとわりつき、ときおりパンプスの靴音や源典侍の声なども折り重なって、あの古典の授業の続きか、あるいはかの死者たちの集う回廊がまた再び開かれる。

歌詠み思ひ寄るに、耳留むれば、いまも仄暗き紗の垂れたる此方彼方に数多の亡者の音ぞ立ちわたたる。朦朧として幾十の男や女の笑ひ、ささめきあひ、歌ひ、奏で、吟ずる声の混じらふは来し方の御遊なるや。競べ馬あり、蹴鞠あり、水練あり、奏楽あり、朗詠あり、今様あり。もなかに院が御座し、公卿らが御座し、女房女御が御座し、遊女や白拍子の賑ははしく円居せるさま浮かびて、昔はただ煩はしきものと覚えけるが、いまはいささか懐かしう思ひ集むるもをかし。見よ、猥りがはしき女、酔ひ痴れたる男の入り立ち、立ち交じり、忍ばずして戯れたるさまの色めかしけるや。ほとほと野分の夜に紫の上の御殿を差し覗き給ひし夕霧になりて、春の曙の霞の間より面白き樺桜の咲き乱れたるを見る心地す。遊びやせん。戯れやせん。世の道理を弁へるは院に非ず、院が即ち道理なる恐ろしき極みも過ぎにしかたのあはれぞ詮無き。武者の世の知らざる定めなり。

そら、老尼の声がある。さても院の思し構ふること、忍ぶとすれど、やうやうもれ聞こえて東さまにもその心づかひすべかめり。東の代官にて伊賀判官光季といふものあり。かつがつかれを御勘事の由、仰せらるれば——。一方、『吾妻鏡』に登場する、京より下着して都の形勢を語る一条大夫頼氏なる男の声がそれに重なる。去月より洛中静かならず、十五日の朝、官軍競ひ起りて、高陽院殿の門々を警衛す、凡そ一千七百余騎と云々、内蔵頭清範之を着到す、次に範茂卿御使として、新院を迎へ奉らる、即ち御幸、御衣は御布衣、彼卿と同車なり、次に土御門院、御衣は御烏帽子と直垂、彼卿二品と御同車、六条、冷泉等の宮、各密々に高陽院殿に入御、同日、大夫尉惟信、山城守広綱、廷尉胤義、高重等、勅定を奉り、八百余騎の官軍を引率して、光季の高辻京極の家を襲ひて合戦す云々。また別の暗がりからは、『六代勝事記』の作者と言われる左大臣隆忠の、殿上人らしい押し殺した声がわきだして曰く、太上天皇天宝のむかしにひとしく兵をめして洛陽の守護廷尉光季を討せられ、追討使をわかちつかはすにおよびて云々。

『承久記』の声もある。院宣を被るに称《い》へらく、故右大臣薨去の後、家人等偏《ひとへ》に聖断を仰ぐべきの由、申せしむ。仍つて義時朝臣、奉行の仁たるべきかの由、思し食《め》すのところに、三代将軍の遺跡を管領するに人なしと称して、種々申す旨あるの間、勲功の職を優ぜらるるによりて、摂政の子息に迭《か》へられ畢《をは》んぬ。然而《しかれども》、幼齢にして未識の間、彼の朝臣、性を野心に稟《う》け、権を朝威に借れり。此れを論ずるに、政道、豈《あ》に然るべけんや云々。かくして官宣に曰く、早く五畿七道の諸国に下知し、彼の朝臣を追討せしめ、兼ねてまた諸国庄園守護人・地頭等、言上を経るべきの旨有らば、各々院の庁に参り、宜しく上奏を経て、状の聴断に随ふべし。そしてまた慈円曰く、五月十五日乱起テ。六月ニ武士内入テ――。

耳をすませば、そこに急ぎ参集する院や宮たちの牛車のあわただしい地響きや、都大路を揺らす蹄の音、武者たちの大鎧の何枚もの板がガシャガシャと鳴り響く音が折り重なり、物語を語る声をひそかに鼓舞し、躍動させる。事の推移が文字になって記されるときも、書き手の耳には生きた声や物音が響き続け、漢語であれひらがなであれ、書き手の筆を操るかのごとく走らせる。二十二日、武州（泰時）京都に進発す、二十五日、去る二十二日より今暁まで、然る可き東士に於ては、悉く以て上洛す、軍士惣《すべ》て十九万騎なり。各東海東山北陸の三道に分ちて、東海道の大将軍、某、某、某。東山道の大将軍、某、某、某。北陸道の大将軍、某、某、某。片や官軍の大将軍、某、某、某。六月六日、木曾川を挟んで北条や足利、毛利らの東海道軍と対峙した官軍は、『六代勝事記』に雲霞のいくさ、山野にみちて、官軍おびえおそれ、たたかふにたへずと記され、『吾妻鏡』は秀康、広綱、胤義以下皆警固の地を棄てて帰洛す、官軍矢を発つに及ばずして敗走す、株河、洲俣、市脇などの要害悉く以て破れ畢んぬ、と記す。

そして京では、去る六日の摩免戸《まめど》の合戦で官軍敗北するの由奏聞す、諸人顔色を変ず、凡そ御所中騒動し、女房並びに上下の北面、医陰《いおん》の輩等、東西に奔り迷ふ。同じ段は『六代勝事記』に、六日敗れはべるよし奏すれば、さはぎのゝしりて、院と宮とを引ぐしまいらせて、と記される。公卿殿上人よろひをき旗をあげて、人なみ〳〵にものゝふのすがたをかれども、いかでか征戦のみちをしらん、中といたはしくぞみえし、と。

そうだ、このとき殿上人らの大騒動を後目に定家はもっぱら『後撰和歌集』の書写にかかりきりだったと源典侍の授業で聴いたのだった。正確には五月六日に書写を始め、二十四日に校了したらしい。そうと分かるのはそう記した定家の奥書が残っているからで、曰く、于時天下大徴ㇾ之、天子三上皇皆御二同所一、白旄翫ㇾ風、霜刃耀ㇾ日、如二微臣一者、紅旗征戎非二吾事一、独臥二私廬一、暫扶二病身一、悲矣、火災二峴岡一、玉石倶焚、倩思二残涯一、只拭二老涙一、此集無二尋常之本一、為ㇾ備二後輩之所見一、今日書二写之一、云々。武士の世には背を向けても、その世を生きなければならない老いた歌詠みとして、これ以降、定家は大切な古典を後世に残すための書写に注力するのだが、戦の火の手を横目に、二百年ほど前の貴族たちの悠長な好いた惚れたの歌、女のもとに遣わしける歌の数々を書き写す心地はどんなものか。いみじきいろこのみにおはしましければと記される元良親王の、あひしりて侍りける人のもとに、返事みむとてつかはしける歌。くやくやとまつゆふぐれと今はとてかへる朝といづれまされり。

くやくやと――。男はまたふと思いだす。誰でも一度聞いたら忘れられないこれも、ひなにかかると、どうよ、この男！　と一刀両断で、くやくやは来るか来るかではなくて、食えや食えやでもええと思うと言って、パルナスの巨大なシュークリームにかじりついたものだった。くやくやが食えや食えや、か。あっぱれなひな。ひなが洛北に入ったときには源典侍はもう退職しており、若い古典教師とあまり反りが合わなかったらしいひなは、教科書をほとんど開かずに終わったようだったが、大人たちの知らないところで、その小さな頭には雑多な古典たちがところ狭しと詰め込まれていたのかもしれない。それこそ『吾妻鏡』や『承久記』の、幕府方と官軍が最後に激突した瀬田と宇治川の合戦の段から、夕暮れにくやくやと女を待つプレイボーイの歌まで。

その宇治川の決戦は『六代勝事記』に曰く、十三日よりたゝかひて、十四日にまきのしまをわたすに、逃るに道をうしなひてしぬるものおほし。もとより兵の名を得たる惟信・有範・有俊以下、やどごとに火をかけしほのほのひかりけぶりの色、高きもいやしきも行ゑをしらず、たゞこよひばかりとまどひあへる世中、秦項の災も是にはしかじとぞ見えし。さらにまた『吾妻鏡』は曰く、東士畿内畿外に充満し、戦場を逃るる所の歩兵を求め出して首を斬り、白刃を拭ふに暇有らず、人馬の死傷衢を塞ぎ、行歩安からず、郷里に全室無く、耕所に残苗無し、武勇を好む西面北面は忽ちに亡び、辺功を立つる近臣寵臣は悉く虜はる、悲しむ可し、八十五代の澆季に当りて、皇家絶えんと欲す。

そういえば、『吾妻鏡』のこの段を読んだのは高校の日本史の授業だったが、あれは梅雨の季節だったのだろうか。男は陰気な薄昏い教室に坐っており、教師の声に雨音が沁み込んでゆくのを聞いている。承久三年六月十三日に始まった宇治川の決戦も雨、十四日は雷鳴数声。しかし、男の眼は教科書にも黒板にもなく、滲んだ窓ガラスの外へ、どことも定まらない時空へと移ろうばかりで、授業に身は入っていない。あのラブレターを渡しそびれた女生徒が京大の院生と駆け落ちしたと聞いたのは、正確にいつ、どこでだったのか。もう思いだせないが、いつだったかは大した問題ではない。大事なのは、十七歳の女子と二十四歳の男の間に起きた事実なのだ。薄昏い教室の一隅に、空っぽの女生徒の席がある。担任は、絶対によそで喋るなと不機嫌な口調でクラスの全員に言い渡し、男も同級生らもいざこういうことが現実に起きてみると、事態をどう捉えればよいのか分からず、自分たちの幼さを暗に突き付けられたような落ち着かない心地で、『吾妻鏡』と雨音に包まれていた、あの、手足をもがれたような時間がいままたそこにある。二十四日、合戦の張本の公卿等を六波羅に渡さる、某、某、某。二十五日、合戦の張本を重ねて六波羅に渡さる、某、某、某——。

そうか、梅雨空の下、あの老いた定家も都に満ち満ちるいくさの声の真っ只中で、くやくやとまつゆふぐれなどと書き写しながら、誰も未来を言い当てることができず、見通すこともできない武士の世の混沌に包まれていたのかもしれない。そうして間もなく、人びとは官軍についた公卿らの処刑の報を聞き、後鳥羽院・順徳院・土御門院の配流を知る。『六代勝事記』には、七月十三日に後鳥羽院を隠岐国へうつし奉るに、と綴られる。消ゆくもみゆきのふりにし跡をたづぬれば、鳥羽より西はさだまれる式にて、もの丶ふのありきをまなび給ひしぞかし。人のこのむ所かならずむなしからぬならひなりければ、さもあらましの御かよひぢをしも、つはものにかこまれてとをざかり給ぬる、と。さても思ひ寄そへらるる歌は、人もをし人もうらめしあぢきなく世を思ふゆゑにもの思ふ身は。さるあひだに老歌人、思い立ちて独りごつにや。さもあらばあれ、源氏物語五十四帖こそ書き写すべけれ、と。

嗚呼、よく分かる。しばし『承久記』や『吾妻鏡』を読み継ぐうちに、こちらもまた移りゆく日本語の表現とともに武士の世へと運ばれており、気がつけば古今・新古今や源氏や伊勢の雅ははるかに遠くなっている。かくて定家卿、老ひのままに微睡《まどろ》めば、そこはかと知りて眺めざりしを花にたちまよふ春霞の心地して、往にし日の水無瀬殿歌合などほのぼの浮かびぬ。月清明にして、げには小瘡灸治旁無術なりける夜。御参之後出御、披講十五首恋歌合。春恋。夏恋。秋恋。冬恋。暁恋。暮恋。羇中恋。山家恋。故郷恋。旅泊恋。関路恋。海辺恋。河辺恋。寄雨恋。寄風恋。作者はあざな親定なる院、左大臣良経、前大僧正慈円、権中納言公継、俊成卿女、宮内卿、有家朝臣、家隆朝臣、雅経朝臣、定家朝臣。判者、皇太后宮大夫入道釈阿。先づ、鶯の氷れる涙とけぬれどなほ我が袖はむすぼほれつつと左大臣が詠めば、番ふ俊成卿女は、おもかげの霞める月ぞやどりける春やむかしの袖の涙にと詠む。また、院の軽びやかに歌めく一首は、月残る弥生の山の霞む夜をよよしとつげよまたずしもあらず。さはれめづらしく見え侍りしは故郷恋の一首、里はあれぬ尾上の宮のおのづから待ちこし宵も昔なりけりにて、これぞ王の歌なるらし。

一首、また一首、いくいくと詠出了又読上了。被出当座題、月前秋嵐、水路秋月、暁月鹿声、詠出又読上了、又有折句、十三夜、又有隠題、水無瀬川、又詠出読上了。人びとの声のおとなひしさま、果てなくたゆたふ河の瀬の玉藻に紛へてさゐさゐしき。歌ひやせん。舞ひやせん。舞ひ乱るる遊女や白拍子もみないつかは朽ちぬべき身にて、そこはかとなき亡者の色もまた今宵はこころに染みて切々たり。

あな、はかなしや夢も程なき夏の夜のねざめばかりの忘れがたみはと詠みしは、俊成卿女なりけるや。女の寝覚めのげに艶なるかな。

艶なるかな――。男はまたふと、空耳にそんな声を聞いたような気がし、いまごろ何が艶かと訝ったのも束の間、いつどこから現れたのか、上も下もない中空に浮かんだ舞台に入り乱れる都をどりに見入っている自分がいる。子どものころ祖父に連れられて観にゆき、大学時代にアルバイト代をはたいて女友だちを誘い、所帯をもってからは一度だけ妻を連れていったことがあるが、ひたすらめでたく晴れやかな群舞そのものは、宝塚のレビューを和装にしたようなという以外にとくに感想もなかった。花暦都八景とか、京暦歌舞伎魁とか、毎年変わる出し物も男にはさして面白くはなく、むしろ、地方《じかた》の三味線と舞妓の鳴り物の延々と寄せては返す音の波がいつも必ず祇園囃子のコンチキチンに重なり、内耳から脳の奥深くに張りついて数日は消えないのが、子どもには意味ありげな呪文のように感じられた。またそのまま夢を見ると、コンチキチンの囃子に乗って、白粉をまき散らして羽ばたくモスラが現れ、子どもはその背に乗って飛び回っては、ゴジラの棲む実家の稽古場や学校を破壊するのだ。巨大な複眼から超音波ビームを発射し、鱗粉攻撃で敵を攪乱し、コンチキチン、コンチキチン――。

艶なるものと程遠い記憶の奥に、タン！　タン！　稽古場の床を踏む鋭い足拍子が現れる。その場でするりと軽やかに回転した足はまた一つ、タン！　囃子方の笛と鼓と太鼓がコンチキチン、コンチキチンと鳴りわたるなか、床を滑るこの舞の足は『邯鄲《かんたん》』だろうか。唐土は邯鄲の里の宿で不思議な枕を借りた旅人の青年が、王となって五十年にわたる栄華を築く夢を見るなかで舞う「楽《がく》」の華やかな足。男は眼を凝らし、あれは昔見た祖父か父の足だと確信しているが、ふだんは思いださないものを思いだすのはどこまでも寝覚めの夢らしいことだった。いや、正確に言えば、モスラやゴジラに夢中だった子どもは、なぜか『邯鄲』だけはお気に入りで、たびたび魔法の枕で昼寝をして『怪獣大戦争』や『三大怪獣　地球最大の決戦』のなかに飛び込み、モスラに乗ってキングギドラと戦ったのだ。

いまもコンチキチンの波間に『邯鄲』の謡が聞こえてくる。十二文字、八拍子の平ノリでシテと地謡が交互に謳う。月人男の舞なれば。雲の羽袖を。重ねつつ。歓びの歌を。うたふ夜もすがら。日はまた出でて。明らけくなりて。夜かと思へば。昼になり。昼かと思へば。月またさやけし。春の花咲けば。紅葉も色濃く。夏かと思へば。雪も降りて。四季おりおりは目の前にて――。かくて春夏秋冬が猛烈なスピードで次々に過ぎ、一日で花が咲いて枯れ、あっという間に五十年の栄華が尽きてみな消え果てたところで、青年は邯鄲の枕の夢から覚める。

そこへ宿の女主人が粟飯が炊けたと告げに来て、何事も一炊《いっすい》の夢というオチがつくのだが、片や子どもの夢想に終わりはあっただろうか。怪獣たちが消えてもコンチキチンは耳の奥で鳴り続け、急かすように焦らすように次の夢へ、次の夢へと誘い続けて、ほとんど熱に浮かされたようだった記憶がある。いまも、『邯鄲』の華やかな「楽」が消えると、なぜか正月のめでたい『翁』の足が現れ、それも矢のように消え去ると、続けて狂言方だった叔父が出てきて賑やかに式三番叟《しきさんばそう》を踊る。いつも身体のなかに機械仕掛けのバネが入っているような人で、ひとたび踊りだすと初めの「揉みの段」では伝統の所作にパッと花が咲き、後の「鈴の段」では黒《くろ》尉面《じょうめん》をつけたその姿がふいに暗転して角大師《つのだいし》に見えた。シャラン、シャランと鈴が鳴り、コンチキチン、コンチキチンと囃子が鳴り、正月とお盆が一拍毎に入れ替わって、おおぅさえ、おおぅさえ、歓びありやぁ、歓びありやぁ。

ひなが楽しげに笑う。長じて『新猿楽記』に笑いころげていたような娘だ。能楽堂で観た式三番叟に手を叩き、おおぅさえ、おおぅさえと五歳の子どもが口真似をして声を上げて笑った、その声の周りにもコンチキチン、コンチキチンが鳴り続ける。中学生になってから、狂言方の叔父が『朝比奈』を演じた舞台にひなを連れていったときは、しけた閻魔大王を相手に豪傑朝比奈三郎義秀が和田合戦での武勇を語るくだりの名調子がよほど面白かったとみえ、詞章を全部暗記して、そもそもわだいくさのおこりを尋るに――と、学校で狂言の真似事をやってみせたのだった。ころころと太ってはいても十三、四の女の子の鈴を転がすような声で、わだの一門九十三騎、平太が縄目の恥をすゝがんと、おやにて候よしもり、しらがかしらにかぶとをいたゞけバ、たれかハあつてのこるべき――と喉を絞る。なかでも和田の軍勢が御所の南門に押し寄せたところで、曰く、おやにて候よしもり使者を立て、何とてあさいなハ門をやぶらぬぞ、門をやぶれとありしかバ、かしこまつて候とて、いそぎ駒よりとんでおり、ゆらり〳〵とたちこゆる。怪力の朝比奈が大門をゆらりゆらり揺すれば、内側では北条側が門を破られてはかなわぬと釘や門を打ち付ける。ひなはその大騒ぎを身振り手振りで演じ、担任や同級生は呆気にとられたに違いない、数人がぱらぱらと拍手をしただけだったというが、実際には、ひなちゃんは頭がおかしいと言われたりと、もう少し残酷な話があったようだ。担任までがひなをからかったとかで、失礼にもほどがあるわ、ゆるさへん！　妻は鬼の形相で学校へ抗議に行き、あたりかまわず怒鳴ったのだろう、その日のうちに校長と担任が生八つ橋を持参して謝罪に訪れ、何があっても馬耳東風のひなは、その場で生八つ橋をきれいに平らげてにんまり笑ったというのが、男が仕事から帰宅して妻に聞いた話だった。

少し前にあった胸苦しさはもうないのに、また薄っすらと泪が滲む。これはいったい何のための寝覚めなのだろう。心もとない自問をしてあらためて昔見た『朝比奈』の舞台を思い浮かべると、コンチキチンの奥で御所の総門をはさんだ武者たちの叫び声が残響となり、男は、一つ一つは聞き分けられない騒然の上に虹のようにかかるひなの笑い声に聞き入る。

また、歌詠みのおぼつかなき寝覚めの耳も、いまは御遊に集ひける諸人の音、歌合の朗詠の声、源氏や狭衣《さごろも》はたまた寝覚などの誰とも知れぬ姫君や男君の気配をこきまぜてさゑさゑし。またさらに、いづれのときか内裏に馳せ伝ふ関東勝事出来云々の声。其れ、和田の合戦なりけるか。和田左衛門尉某、相模守義時、大膳大夫広元ら、将軍御家人の耳馴れぬ名を耳留め、夜に疼《ひび》らく眼をもて日記に書き出でけるにうら悲しき。あはれ、今のごと過ぎにしかたの恋しくはながらへましやかかるうき世にと詠みけるは、かの寝覚の上にやありけむ。物語曰く、よるのねざめ絶ゆる世なくとぞ。

6

腹の赤いイモリが一匹、水槽の石の影で耳をすませる。シュッ。シュッ。どこかで綿布を裂く音がする。シュッ。シュッ。いや、女たちが正絹の着物の襟を指でつまんでシュッと摺り下げる音だろうか。どちらの音もイモリの記憶にある。何年か前、貴船の川床の下で子どもに捕まるまで、初夏にいつも聞いていた音。

イモリは、ほの昏い夢の水底から新鮮な空気を求めて頭をもたげる。外は雨。あるいは、たっぷりの水滴を湛えた森を感じる。イモリは夢の淵から虚空へひとっ飛びし、鼻腔に沁み入る水の匂いとともに全身を水音に包まれて深呼吸をする。足元にはそれほど深くもなく、流れも速くはない清流がある。そこから上がってくる無数のしぶきがあたりの岩肌や苔に跳ねかえる音がある。その極小の響きはいくつもいくつも重なりあい、揺らぎあい、片や全天を満たす音楽となり、片や水面で耳をすませるイモリの背を流れ落ちる。自分を見ている子どもがいる。こちらに子どもの小さな手が伸びてくる——。

　いったいこれはイモリが夢を見ているのか。それとも、男自身が子どものころに飼っていたイモリの夢を見たのか。男は、昔イモリを捕まえた川のそばの濡れそぼった長い石段を上っている。両側に並ぶ春日灯籠は貴船の社だが、ほんとうなら朱色のはずの色は分からず、周囲の深い木立がほとんどモノクロなのも、これが夢だからか。自分の足元を見下ろすと、いつの間にか子どもの足になっており、隣には祖父の草履の足がある。さらに前後には、夏越《なごし》の大祓式《おおはらえしき》に急ぐ参拝者の足音がいくつも折り重なって聞こえてくる。祓の神事のあと、大人たちが川床で料理を食べている間にイモリの餌のミズムシやヤゴを獲れるよう、子どもの腰には水生昆虫用の玉網と虫かごがぶら下がっており、足を運ぶと同時にそれがカサ、カサと鳴る。

　祖父に手を引かれ、祓詞《はらえことば》を唱えながら左回り、右回り、また左回りと茅《ち》の輪《わ》をくぐる。みなづきのなごしのはらへするひとは、ちとせのいのちのぶといふなり。おもふことみなつきねとて、あさのはをきりにきりてもはらへつるかな。そみんしょうらい、そみんしょうらい。無数の水音と蟬の声の下で、神職らと参拝者たちの祓詞が低くとぐろを巻き、夏山にこだまする。祓串がバサッバサッと空気を切る音、神前で祓物の麻と木綿がシュッ、シュッと切り裂かれる音に子どもの神経はちょっとびくっとする。それから間もなく、川縁まで降りた神職らが大祓の祝詞を唱えながら紙の形代《かたしろ》を川面にまき散らし、子どもは数秒、テレビで観る神宮球場や甲子園球場の紙吹雪を思い浮かべている。夏休みには甲子園球場の阪神・巨人戦か、怪獣映画のどちらか一つに連れて行ってもらう約束だが、やっぱり野球だ、と思う。

うごなはれるみこたち、おほきみたち、まへつぎみたち、もものつかさびとたち、もろもろきこしめせと宣る。すめらがみかどにつかへまつる、ひれかくるとものを、たすきかくるとものを、ゆきおふとものを、たちはくとものを、とものをのやそとものををはじめて、つかさづかさにつかへまつるひとどもの、あやまちおかしけむくさぐさのつみを、今年のみなづきのつごもりの大祓に、祓へたまひ清めたまふことを、もろもろきこしめせと宣る。

そうか、貴船といえばいつの年の大祓だったか、神事の前後に前々から気になっていた親戚の女性について、祖父に尋ねたことがあったのだった。法事などで北白川の分家に行くと、居間の鴨居に並んだ代々の当主とその妻の遺影のなかに、子どもの眼にも特別にうつくしいと思う女性がおり、あれは誰と祖父に尋ねると、いつも乙音さんという名前だけが返ってくる。一緒に並んでいるのが死んだ大叔父なので、乙音さんは大叔母のはずだが、写真の顔はひどく若く、大叔父に嫁いできて間もなく死んだ人のようだった。ともあれ、不思議なことにその人のことは周囲の誰の口にも上らず、男が小学校に上がるか上がらないかだったころに、すでに完全に過去となった時間のなかで忘れられていたが、掃除の行き届いた畳の隅に小さなシミを発見するようにして、乙音さんはそっと子どものこころに忍び込んだのだ。

父が別宅に囲っているだらり帯の女性と同じく、その人に触れてはならないことは子どもにも分かっていたが、秘密の扉をそのままにはしておけず、夏越の祓に出かけた折に子どものほうから尋ねてみたのだろう。そのとき祖父が話したのは、乙音さんは頭の病気で、ずっと近所の祈禱師のところに通ってはったんやけど病気は治らへんかった、貴船にもよう祓に来てはった、かわいそうな人やった、といった当たり障りのない内容だった。その後、祖母や母が夜に縫い物をしながら漏らす愚痴や、祖父や父の不在をなじる怨み言の端々から、分家の大叔父の女遊びが激しいとか、乙音さんが祈禱師から買う手書きの護符が一枚数十万円もしたとか、とてもよそでは話せない怪しげな祈禱が行われていたといった薄暗い事情もなんとなく分かってきた。そして、そんなひそひそ話をする女たちの息遣いもまた十分に隠微な呪詛のようで、いつどこで、どんなふうに合体したものか、気がつけば乙音さんは能の『鉄輪《かなわ》』に登場する鬼女になって、夜ごと子どもの夢枕をバサバサと走り抜け、丑の刻に貴船社の裏山で藁の形代に五寸釘を打ち込むようになっていたのだった。

そこにはまた、平家物語の剣の巻に出てくる宇治の橋姫の話も重なっていたかもしれない。嵯峨天皇の御宇《ぎょう》、貴船大明神の託宣により、長なる髪をば五つに分け五つの角にぞ造りける、顔には朱を指し、身には丹を塗り、鉄輪を戴きて三つの足には松を燃やし、続松《ついまつ》を拵へて両方に火をつけて口にくはへつつ、夜更け人定りて後、大和大路へ走り出で、南を指して行きければ、頭より五つの火燃え上がり云々——という姿で生きながら鬼となった橋姫は、子どもには乙音さんその人だった。

夫に離縁されて嫉妬に狂った先妻の女に名前はない。能『鉄輪』では、頭の上に三本の松明を立てた三足の鉄輪を載せ、宇治の橋姫あるいは安達原《あだちがはら》の鬼女の面をつけた女が舞台の橋掛りに現れると、一ノ松に立って、それ花は斜脚《しゃぎゃく》の暖風《だんぷう》に開けて同じく暮春の風に散り、月は東山《とうざん》より出でて早く西嶺《せいれい》に隠れぬ、世上の無常かくのごとしなどと謳う。それから、夫の形代の作り物が置かれた本舞台に出てきて、起きても寝ても忘れぬ思ひの、因果は今ぞと、白雪の消えなん、命は今宵ぞと恐ろしげに言い放つのだ。

いや、それは子どものころの印象で、長じてからはむしろ、最後の最後に夫を殺せなかった鬼女の哀切こそ『鉄輪』の真骨頂だと気づいたのだが、とまれ雪の消ゆるごとくといえば、『奥義抄』が伝える橋姫物語も似たようなことを語る。そこに登場する先妻といまの妻にも名前はない。身重の妻のためにワカメを獲りに行って龍神にさらわれた夫を先妻が海辺の庵に探しあてるが、夫は夜明けとともにまた失せてしまう。その話を聞いたいまの妻も同じように庵で夫に逢うが、物語に曰く、われをば思ひすてゝもとの妻をこふるにこそとねたく思ひて、をとこにとりかゝりたりければ、をとこもいへも雪などのきゆるごとくにうせにけり、と。

『奥義抄』では、このとき海辺の庵に現れる夫の詠んでいたのが、詠み人知らずの、さむしろに衣かたしき今宵もや我を待つらむ宇治の橋姫とされていて、古今集のころの橋姫はまだ、男の不実に泣きはしても鬼にはならなかったことが分かる。元は土着の神話だった橋姫は、夜ごと恋の相手を待ったり待たれたりする身だった王朝の歌人たちの夢想によって、まずはひとりさびしく男を待ちながら情念の熾火を燃やし続ける女になったということだ。

そういえば、世の営みにいくらか無常を覚える時節となったらしい薫の中将が、宇治の鄙びた山荘に隠棲する八の宮の姫の一人に書き送るのが、橋姫の心を汲みて高瀬さす棹のしづくに袖ぞぬれぬる。八の宮との交流を通して仏法にこころ惹かれているのかと思いきや、御簾越しに趣のある姫君の姿が垣間見えるやいなや歌の贈答に余念がない。そんな貴種の世界では、物の怪や生霊に怯えることはあっても、生きながら鬼女となって男を取り殺す修羅の棲む余地はない。あるのは寂寥でさえ艶なるものになる雅と、各々の人生のすべてがそこに収斂してゆく三十一文字の極小の宇宙だけだ。若き日の定家の、さむしろや待つ夜の秋の風ふけて月をかたしく宇治の橋姫も然り。あるいは後鳥羽院の、橋姫のかたしき衣さむしろに待つ夜むなしき宇治のあけぼのも然り。またあるいは慈円の最勝四天王院障子歌、網代木にいさよふ波の音ふけてひとりや寝ぬる宇治の橋姫も然り。後京極摂政良経の、きりぎりす鳴くや霜夜のさむしろに衣かたしきひとりかも寝んも然り。そうだ、俊成卿女も詠んでいる。かたしきの袖になれぬる月影の秋も幾夜ぞ宇治の橋姫。

そんな橋姫が、武者の世となっておどろおどろしい鬼女に転じたのはさもありなん。三院が配流されたあとの末法の世の荒廃した都に横行するのは夜盗や追い剝ぎであり、さむしろに衣かたしく美女などもう誰も思い描いたりはしない。地獄の獄卒に食われ、苛まれて醜く絶叫する六道絵のなかの女たちは、いくらかは都大路のそこここで日夜繰り広げられる修羅と暴力の延長であり、その腐臭は六条河原に晒される生首や鳥辺野に投げ捨てられる骸たちを呼び覚まして、そこかしこに幽鬼の煙を立ち上らせる。人の一生は相変わらず儚いが、貴種のいのちも庶民のいのちもいまや風に乱るる萩の上露のように消える代わりに、なにがしかの怨みや怒りの爪痕をこの世に深く刻みつけてゆかずにはおかない。だからだろう、王朝の男と女の手練手管の駆け引きが表舞台から退いたあとは、恋のかたちももう昔と同じではないのだ。定家七十一歳のときの関白左大臣家百首には、恋の歌として忍恋、不遇恋、後朝恋、遇不逢恋と並んだ最後に、なんと怨恋とある。三十年前の水無瀬殿十五首恋歌合の、薫風のようなみずみずしさと比べて何という違いだろうか。

その怨恋の一首は、おのれのみあまの逆手をうつたへにふりしく木の葉あとだにもなし。女に裏切られた男が、天の逆手をうちてなむ呪ひをるなる。むくつけきこと。人の呪ひごとは、負ふものにやあらむ、負はぬものにやあらむ、と伊勢物語にある。いや、こんな怨恋であっても、巷の男女の凄絶にくらべればまだ優雅なものか。また、遇不逢恋の一首。はかなしな夢に夢見しかげろふのそれも絶えぬる中の契りは。これも本歌は業平朝臣の、寝ぬる夜の夢をはかなみまどろめばいやはかなにもなりまさるかな。かくも未練がましい男の歌について、伊勢物語はさる歌のきたなげさよ、と記すが、古今集や伊勢物語の時空にゆうゆうと遊ぶ老歌人のほうは、いまや除目をめぐる積年の詠嘆や苦労はかたちもない権中納言の栄華を楽しむ身であり、豪勢な白の直衣姿で内裏の政に出仕し、種々の節会や儀礼や宴や祭に居並び、なおも天皇から新たな勅撰和歌集の撰進の勅命を受けたりする晴れがましさなのだ。そうして曰く、たらちねの及ばず遠き跡過ぎて道をきはむる和歌の浦人。

とはいえ、こんな恍惚たる老いの境地もほんとうはどんなものだったのだろうか。ふることへ一層傾斜する一方、世界を豊饒にしていた色やかたちが年とともに一つひとつ失われてゆくとき、世界はかえってくっきりとするのか、それとも墨絵のように茫洋となってゆくのか。あるいは新しい物事への関心が減ると、世界は単純に狭まってゆくのか、それとも手の届く距離にあるものの輪郭がむしろ鮮明になって、急にハッとこころが動いたりするものなのか。繰り返し古今集を書写している時間、あるいは虫眼鏡で覗くようにして源氏物語の各帖に詳細な奥《おく》入《いり》を書き付けている時間、老歌人は現世の人ではなく、生きながら死者たちの時間に交じっていたというのが正しいだろう。古今集の千百首や源氏物語五十四帖は、能舞台で言えばさしあたりこの世と彼岸を自在に行き来するための橋掛りだったということだ。

ひとたび源氏物語をひもとけば、いづれの御時にか、数多の男君女君たちが老歌人の耳元で語らい、衣擦れの音が御簾を揺らして行き交い、朝な夕なに歌を贈り合い、栄える者がおり没落する者がおり、病み苦しみ祈る声があり、折々に験者や陰陽師や僧都たちの呪詛の声があり、ときには物の怪の憑いた憑坐《よりまし》のわめき声も聞こえてくるが、それらすべてが老歌人には人生でもっとも耽溺した世界の心地よいせせらぎだったろう。いやあるいは、それもすでに果てしなく繰り返される物語を刻む声たちに過ぎなくなっているかもしれない。一つの歌が別の歌を呼び起こし、さらに別の歌へとたゆたい、絡まり合ってどこまでも浮かんでは消え、消えては浮かび続けるさまは、すでに歌たちが個々の意味や味わいを離れてただ音韻の生起する場と化し、その明滅こそが世界そのものとなったようなものに違いない。ひとりの職業歌人が三十一文字のうねりを微分し続けた果てに待っているのはたぶん、そんな音韻たちの自動運動だ。

男はまた石段を上っている。こうしてとくに造詣が深いというわけでもない古今集や源氏物語のことをしきりに考えているかと思えば、分家の大叔母や、実家の女たち、祖父と父、死んだ娘、最初の妻や二度目の妻、もう名前も思いだせない女たちのことを脈絡もなく呼び戻しているのは、これもまた自身の人生の節々を微分しているようなものだが、そのときどきに確かに何かを思い、それなりに意味ある時間があったことをしばし確認しては、すぐにそれもどこかへ消え去って、また次の点景が現れる。男の場合、一本の長い鎖があちこちで切れてばらばらになり、もはや元は一つの人生だったことを証明することもできなくなったあとに見るのは、夏越の大祓で貴船川にまき散らされる形代の、紙吹雪にも似た夢の片々だ。

見れば石段も春日灯籠も途切れることがなく、男はなおも営々と参道を上り続ける。数歩毎に腰に虫かごをぶら下げた子どもになり、女友だちを伴った大学生になり、幼い子どもの手を引いた父になる。子どもは虫採りにこころ躍らせているのかと言えばそうでもなく、父への嫌悪や怒りを貴船まで引きずってきて祖父に引かれた手をじりじりと汗ばませている。一方、大学生となった男は隣の女友だちをよそに、子どものころのその昏い焦燥感を呼び戻しており、女友だちとの関係も夏の終わりまでかもしれないと予感しているような顔つきだ。そして父になった男は、女の子に虫採りをさせてと妻に文句を言われる程度の気楽な家庭生活を、しばし楽しんでいたころだろう。男にはそんな人生もあったのだ。

それから、夏物の薄物の色無地を着た乙音さんが、自分の名前と生年月日を書いた形代を入れた巾着を握りしめ、うつむき加減で先を急ぐ。その鬼気迫る横顔には夫や姑に内緒で家を出てきたと書いてあるが、どのみち家人はもう誰もまともに声をかけなくなって久しいのだ。そんな乙音さんの傍らを、玉依姫命《たまよりひめのみこと》あるいは磐長姫命《いわながひめのみこと》らの半透明の影がしろたえの衣を翻して飛ぶようにすれ違ってゆく。かと思えば、壺装束に薄衣の枲垂《むした》れという姿で行き交う女房達の姿もあるが、そこには和泉式部も交じっているはずだ。もの思へば沢のほたるもわが身よりあくがれいづる魂かとぞ見る。

ほかにも数知れぬ無名の女たちや橋姫たちの薄い影、濃い影が男の傍らを行き交い、神職らの声がこだまする。みなづきのなごしのはらへするひとは、ちとせのいのちのぶといふなり。おもふことみなつきねとて、あさのはをきりにきりてもはらへつるかな。いや、そこには陰陽師や験者の無数の呪詛の声もまじっていたかもしれない。こんねんこんげつこんにちこんじ、じじやうぢきふ、じじやうぢきじ、じげぢきふ、じげぢきじという文言で始まる儺祭詞《なのまつりのことば》の、おどろおどろしい呪いの詞もまた水音に包まれた深い森の社にふさわしい。けがらはしきえやみのおにの、ところどころむらむらに、こもりかくらふるをば云々、まけたまひうつしたまふところどころももに、すみやかにしりぞきいねとおひたまふと詔るに、かだましきこころをわきばさみてとどまりかくらば、たいなのきみ、こなのきみ、いつくさのつはものをもちておひはしり、ころさむものぞときこしめせと詔る。乙音さんが親しく耳にしていたのは、夏越の大祓の祓詞よりこちらのほうだったはずだ。いつくさのつはものをもちておひはしり、ころさむものぞときこしめせ。

　男は石段を上り続ける。上を仰いでも石段の終わりは見えず、振り返ると下りの石段も先はもう見えない。朱色の灯籠はいつの間にか苔むした石灯籠に変わっており、周囲の杉木立の森はさらに深くなっているが、男は驚かない。独身時代の夏休み、あまり知られていない各地の古い社を訪ね歩いていたときに、阿蘇のふもとの高森という土地で見た上色見《かみしきみ》熊野座《くまのざ》神社か、あるいは隠岐にある天健金草《あまたけかなかや》神社や国府尾《こうのお》神社、和気能酢《わけのす》神社など、いずれも鬱蒼とした木立に吸い込まれるようにして数百段の参道がひっそりと続いていた。記紀神話の神々と天皇が祀られて千数百年、石段を行き来した無数の老若男女の魂がそれこそ蛍と化して飛び交い、透き通る蜩《ひぐらし》の声がその魂たちの話し声になってさんざめく夏の夕暮れは、久々の参拝者の登場に勢いづいた死者たち、物の怪たちの晴れがましいひとときだ。隠岐の社にはかの後鳥羽院の蛍も飛んでいるかもしれない。うごなはれるみこたち、おほきみたち、まへつぎみたち、もものつかさびとたち、もろもろきこしめせ。たかまのはらにかむづまります、すめむつかむろき・かむろみのみこともちて、やほよろづのかみたちをかむつどへつどへたまひ、かむはかりはかりたまひて、「あがすめみまのみことは、とよあしはらのみづほのくにを、やすくにとたひらけくしろしめせ」とことよりさしまつりき。

かくしてすめみまのみことが荒ぶる神等をば神問はしに問はしたまひ、神掃ひに掃ひたまひしとき、祓詞にはことといしいわねこだち、くさのかきはをもことやめて云々とある。子どものころ、皇御孫《すめみま》の命《みこと》が天《あま》の磐座《いわくら》を放れて降臨するとき、それまでざわざわとものを言っていたあたりの岩や木々や草の葉も沈黙したというこの部分に耳がそばだち、しばし神代へと意識が飛んでいったものだが、いまや参道の石も木々も苔もみなざわざわ、ざわざわと喋り狂い、どこから来た、何をしに来たと、ひとり石段を上る男に次々に話しかけてくる。いや、男はいつの間にかまた子どもになっている。坊や、どこから来た。坊やはひとりか。こんな時間にどこへ行く。手にしている箱は何だ。

子どもが手にしている小さな紙箱には、死んだイモリが入っている。ある日の夜明け前、水槽の水がはねる音で眼が覚めると、知らぬ間に入り込んできた近所の猫がイモリをくわえていた。それを追いかけようとしたそのとき、二階の自室の窓から納屋に入ってゆく祖父の姿を見たが、猫とイモリにかまけてそのままになり、午前七時過ぎになって手伝いの女性の叫び声で祖父の自死を知った。イモリは猫に半分食われたのを庭で拾った。祖父の姿を見かけたことを家族に言わなかったのは、言いづらかったのではなく、真に大切なことは家族には話したくなかったからだ。イモリが死んだことも、祖父の葬儀のあと、子どもが一人で貴船に死骸を埋めに行ったことも家族は知らない。

暗きより暗き道にぞ入りぬべき遥かに照らせ山の端の月。

7

男はまたふと微光の差す霞のなかで目覚めている。いや、正確には目覚める夢を見たと言うべきか。そうして物心ついたときからずっとそうだったように、寝覚めに何事か思い浮かぶままに物思いを楽しみ、ゆっくりと思考の助走をするのだが、それもいまは夢の一部だ。それにしても、春浅い時節の野辺にて霞の彼方を仰ぐかの歌詠みとすれ違ったのは今朝だったか、それとも昨日だったか。そのとき老歌人は遥かに水無瀬殿の方角を眺めていたのだと男はとくに迷うこともなく思い、おもかげにもしほの煙たちそひてゆく方つらき夕霞哉、あるいはまた遠い昔にその水無瀬殿の主が詠んだ、見渡せば山もとかすむ水無瀬川夕は秋となに思ひけんの一首を思い浮かべた傍ら、それにしてもなぜ霞なのかと考えていたのだった。水無瀬殿といえば、はるばると川にのぞめる眺望いとおもしろくなんと増鏡にあるが、王朝の歌人たちは仮に霞がなければ歌に詠むほどの感興は催さないということだろうか。

いや、治天の君はそうだったかもしれないが、歌詠みは違うだろう。むしろ藻塩を焼く煙やたなびく霞を通して山も川も薄ぼんやりとしてこそ、ときどきの思いを歌に込めることができるのであり、そこにこそ風景を詠む意味があるのだと歌詠みは言うはずだ。夕霞ゆえに水無瀬殿を思い出したのではなく、夕霞になにがしかの寂寥感を発見した末の水無瀬殿なのだ、と。とはいえ、老境の歌詠みの胸の底に沈んでいる感情の源はやはり、いまだ完全には消えやらない後鳥羽院の面影かもしれない。院は歌詠み本人より二年早く隠岐で没したが、その歌が消え去らない限り、院は歌詠みのなかで生き続ける。いや、触れることのできない遠い山のように聳《そび》え続ける。自分とは異なるその歌風について、あらためて整理してみるべきことが多くあるような気がしながら、いつも途中まで踏み出したところで行く先が分からなくなる。そうしていまはまた、まだ若いころその治天の君の勅勘を受ける前の年に、息子の順徳天皇に献上した一首とその御返歌がかすめ去るのだ。水無瀬山ほどは雲ゐにとほけれどにほひばかりを君がまに〳〵。水無瀬山ほどは雲井のはるながらちよのかざしの色ぞうれしき。そうだ、この山も雲の彼方に霞んでいる。

それから、またふと霞と霧と靄の違いは——などと思いは飛んでゆき、霞といえば春。霧は秋。では靄は冬か？　霜や雪や霰でなく、靄を詠んだ歌はあっただろうか。近代まで下って、白秋に寒靄を詠んだ一首があったような気がするが、記憶ははっきりしない。白秋など、最後に読んだのは中学生のころだ。

男は眠るでも覚醒するでもなく、何時間も朝もやの夢の淵を彷徨い続けたのちに霧深い荒れ野に出る。そうと気づいたのは、夢想するのみの手足が冷たい水滴に触れ、湿った土の匂いが鼻腔に忍び込んできたからだ。男はちょっと覚醒し、どこかの墓所のようだと思う。立ちこめた霧の下でびっしりと張りついた朝露の重みが草木を震わせる。ああ、拾遺愚草にこんな歌もあった。打はらひさゝわくる野辺のかず〳〵に露あらはるゝありあけの月——いや、あとひと揺れで雫となって滴る一瞬の、玉になった水滴の鏡に映るのはありあけの月ではなく、何か動くものだ。人か。

脈絡も前後もなくさまざまな亡者と行き違うのにもすっかり慣れたということだろう、男はとくに意外な心地もないまま霧の向こうに現れた男を見る。そうしてあれは誰だったかと訝るより先に、小学校で習ったはずの霞と霧と靄の違いは何だったかと再び考えていたのは、おそらくその男がそんな話をしたことがあったからに違いない。二十一歳の日焼けした頑健な身体に作業ズボン、地下足袋とゲートル、五分刈りの頭に巻いた手ぬぐいという風体は、当人がほぼ毎日、大原で造園業を営む実家の手伝いをしているからで、繁忙期にはその恰好で高校や大学の授業に出てきていた。大学三年の夏にバイク事故であっけなく他界する数日前に会ったときも、まさにこんな姿だったはずだ。

半世紀も前の友人がいきなり出てきたというのに男は、よう！　と片手をあげる。すると向こうも当たり前のように、よう！　と応える。額に汗の粒を浮かべた二十一歳の青年の若々しい相貌にかすかな気後れを感じるのは、こちらが古希をとうに過ぎているせいか、あるいは夢のなかでは自分もまた二十一歳の同輩になっているのか、どちらなのかわからないまま、なにがしかの懐かしさがこみ上げてきて男は柄にもなく胸を躍らせる。そう、この友人と言えば、ほかならぬ霞と霧と靄と源氏物語、あるいは四方四季《しほうしき》の庭。

幼いころ剣道教室で知り合った友人の実家は、京都の大小寺院の庭園の造営と管理を請け負っており、友人は中学生のころから下働きに出て樹木の種類によって異なる剪定の知識や、築山や石組みの技術を学んでいた。そうして四季を通じて数々の庭園を自分の庭のように歩き回るうちに、本人曰く、日本庭園とは植栽や石や池などの物理的な設《しつら》えだけで完成するものではなく、雨や風、霜、雪などの季節毎の気象と、朝夕の霞や霧、靄、さらには落ち葉や霜などの効果も周到に計算して作るものだと、確信したというのだった。もともと文芸にはとんと縁がない男だったので、わざわざ作庭記など読んだはずもない。友人は、その皮膚と肉と骨と五感でそう学んだということだ。そして、男はその話を聞いたとき、友人は日本庭園の神髄を語っているのだと思った。古来より歌人たちが春夏秋冬の庭園の姿を歌に詠み、宇津保物語や源氏物語に登場する人びとがそうして事あるごとに季節の庭を眺めてきたことがその根拠だ。まさに霞がたなびいてこその春の花。五月雨のなごりの月にほのめく郭公《ほととぎす》の声を聴く夏。空のなかばにてひかりのうへにひかりそふ月の秋。庭の松はらふあらしにおく霜の冬。

高校二年の夏、男は手始めに源氏物語に登場する六条院の四つの庭を友人に教え、友人はそれを夏休みの自由研究にした。初めは源氏なんて柄やあらへんと言っていた友人だが、それでも庭師の卵が覗き込む王朝の物語は、あたかも脳内に精密なジオラマが広がるように展開することに驚かされた。友人はまず、三次元の空間に秋好中宮、紫の上、花散里、明石の君の御殿をそれぞれ配置するための未申、辰巳、丑寅、戌亥の四つの座標軸を取り、源氏が六条院を造営したときの少女《おとめ》の帖にある描写に従って、築山と池泉と植栽の設計図を引いた。いまなら3DCADがあるが、半世紀前は素朴な立面図だった。とまれ、たとえば源氏と紫の上の住まいとなる辰巳の東南庭は、高い築山に春に開花する草木が集められ、前栽には五葉、紅梅、桜、藤、山吹、岩躑躅《いわつつじ》など春の植栽に加えて秋の草木も混ぜられている。かくして春の盛りには、名高い胡蝶の帖に曰く、こなたかなた霞みあひたる梢ども、錦を引きわたせるに、御前の方ははるばると見やられて、色をましたる柳、枝をたれたる、花もえもいはぬ匂ひをちらしたり。ほかには盛りすぎたる桜も今盛りにほゝゑみ、廊を繞《めぐ》れる藤の色もこまやかに開けゆきにけり。まして池の水に影をうつしたる山吹、岸よりこぼれて云々。確かに、ここでも絢爛たる春の庭はちゃんと霞に包まれている。

梅の香には朧月夜と笛、あるいは鶯。梅枝の帖には、月さし出でぬれば、大御酒《おほみき》など参り給ひて、昔の御物語などし給ふ。霞める月の影心にくきを、雨の名残の風少し吹きて、花の香なつかしきに、御殿の辺りいひ知らず匂ひ満ちて、人の御心地いとえんあり、とある。またあるいは三月の花盛りの、紫の上の死期が近い御法《みのり》の帖にも、ほの〴〵と明け行く朝ぼらけ、霞の間より見えたる花のいろ〳〵、なほ春に心とまりぬべくにほひわたりて、と記される。さらに秋風の季節となっていよいよ容体のすぐれない紫の上は、おくと見るほどぞはかなきともすれば風に乱るる萩の上露と詠み、そのとき前栽の萩は、げにぞ折れ返りとまるべうもあらぬ、よそへられたる折さへ忍びがたきを、と表現されている。この前栽の萩は、野分の帖でも折れ返り露もとまるまじく吹き散らすとされているが、それを眺める紫の上の姿は、ここではたまたま訪れた夕霧の眼に、春の曙の霞の間より面白き樺桜の咲き乱れたるを見る心地すと映る。こちらでは、見奉るわが顔にも移りくるやうに愛敬は匂ひ散りてという紫の上の美貌ゆえに、風に折れ返る萩のほうは夕霧の眼に入らなかったようだが、そらそうやろ、萩いうのは日本庭園ではほぼ叢《くさ》やと友人はにべもなかった。

そういえば圧巻は若菜上の、やよひばかりの空うらゝかなる日の蹴鞠のくだりだった。文芸の感性はなくとも、友人の手にかかると、広大な屋敷を行きかう登場人物達の一人ひとりがジオラマのなかで動きだし、声が聞こえ、春霞の空を仰ぐ視線まで追えるような気がしてくる。友人は日本古典文学大系の源氏物語と、ノートに引いた辰巳の庭と御殿の立面図を机に並べ、新しい建物の柱や梁や壁がどうなっているかを覗き込むように物語を切り分けてゆく。初めはこの東面の、明石の女御の座敷がたまたま空いているところに、源氏と来客の兵部卿宮がいる

――友人は図面に鉛筆で簡単な印を書き込む。そこへ蹴鞠をしていた夕霧や、衛門《えもん》の督《かみ》の柏木と公達の頭弁《とうのべん》、兵衛佐《ひょうえのすけ》、大夫君《たいふのきみ》などが源氏に呼ばれてぞろぞろやってくる。このあたりや。この東面には遣水《やりみず》のある庭が開けていて、水路を避けた場所でまた蹴鞠が始まる。ここには「よしあるかかりのほど」とあるさかい、蹴鞠用にわざわざ白砂を敷いた正式の鞠場があって、四隅の東北に桜、東南に柳、西南に楓、西北に松が植えられていた、いうことになる。広さは仮に五間四方として、ではその鞠場の位置はどこか。このあと女三の宮と女御たちが御几帳越しに蹴鞠を覗き見している有名な段があったやろ。女三の宮の寝殿は、明石の女御の座敷と反対側の西面にある――ここや。ということは、夕霧や柏木たちは蹴鞠をするために東面からこの正面階段の辺りまで回ってきた、いうことか？　友人は寝殿の正面階段に面した位置に鞠場の印を書き入れ、そうそう、ここに桜があるんやった、などと独り言ちて先へ進んでゆく。

　やう〳〵暮れかゝるに、風吹かずかしこき日なりと興じて、弁の君もえ静めず立ち交ればとあるから、源氏の言うとおり、上達部《かんだちめ》なりとも、若き衛府司《ゑふづかさ》たちはなどか乱れ給はざらむ、か。大将も督《かん》の君もみな庭へ降りて、さあここからはほとんどタカラヅカや。えならぬ花の蔭にさまよひ給ふ、夕映えいと清げなり。……ゆゑある庭の木立のいたく霞みこめたるに、いろ〳〵ひも解きわたる花の木ども、わづかなる萌黄の蔭に云々。見栄えがよくておまけに蹴鞠の上手な衛門の督――かたちいと清げに、なまめきたる様したる人をかしく見ゆ、やと。御階《みはし》の間にあたれる桜の蔭によりて、人々、花の上も忘れて心に入れたるを、おとゞも宮も隅の高欄に出でて御覧ずとあるのは、この場所。蹴鞠はまだまだ続いて、たとえば夕霧の大将の姿はこうや。見る目は人よりけに若くをかしげにて、桜の直衣のやゝなえたるに、指貫《さしぬき》の裾つかた、少しふくみて云々。その、もの清げなるうちとけ姿に、花の雪のやうに降りかかれば、うち見上げて、しをれたる枝少し押し折りて、御階の中のしなの程にゐ給ひぬ、や。

俺な、こんなふうに美男ばっかり出てきよるの、ほんまは苦手やねん。桜の花吹雪の下で、華やかな桜襲の直衣を少し乱れさせたしどけない姿の男が、これ見よがしに桜の枝を手折るなんて、気色悪うないか？　いったい、千年前から女の趣味はずっとこうやったということやろか。友人は真顔で言い、それをどこかで聞いていたかのように、古典教師の源典侍のちりめん皺の額や、建礼門院右京大夫集を読みあげる柔らかな声がかすめてゆく。源典侍の説明はこうだ。曰く、源氏物語の少女趣味の下には王朝文化の男と女が負わされていたそれぞれの性の役割の、圧倒的な抑圧と逃げ場のなさがある。生霊や物の怪を生むほどのその薄昏さは、現代の男子学生ごときに想像できるものではないというのが正しいし、藤原道長をはじめ平安の男たちが熱心に源氏物語を読み継いだのは、それがまさに彼ら王朝貴族の肌感覚を代弁するものであり、彼らが生きている時代の精密な写し絵だったからだ――。もっとも、定家もその父も同じように源氏物語を生涯の友にしたが、歌詠みたちが見入ったのは王朝を彩る色恋そのものではなく、それが繰り広げられる各々の庭の四季の風情と、そこから生まれるさまざまな美の妄想だったに違いない。

とまれ庭師の身体にとって、うつくしい男君女君たちの王朝絵巻はどう料理しても水と油だったようだ。その蹴鞠の段に続き、たまたま御几帳のなかに立っていた女三の宮を柏木が見てしまう段でも、友人は一寸気色悪かったらしい。このとき女三の宮は十四、五歳。夫である源氏のおとゞが四十一歳。光る君も四十になったらただの助平なおっさんいうのが、なんか生々しいな。友人はしみじみと漏らし、それには男も迷わず同意した。在原業平を筆頭に歌詠みたちもみな助平だが、彼らは脳内の妄想を三十一文字にするだけで、必ずしも生身の女とかかわる必要がない。ひるがえって物語の登場人物たちは、まさに物語のためにわが身を挺して女たちに言い寄り、籠絡し、恨んだり妬んだりと年甲斐もない醜態をさらさなければならない。そうして四季の庭を折々に眺めてはため息を漏らし、歌詠みたちはため息とともに眺められるそれらの風景のなかに、濾過されて純度を増した憂愁や寂寥や孤絶の美を発見して身悶えするのだ。

一方、空想の庭で遊ぶ友人には、ひたすらうつくしいばかりの六条院よりも、宇津保物語に登場する壮大無双な吹上の宮のほうが合っていたのは確かで、大学では自分からそれを研究テーマに選んで、ときどき話をしてくれたものだった。紀伊国《きのくに》牟婁郡《むろのこおり》にある吹上の浜のあたりに神南備《かみなび》の種松《たねまつ》という長者が建てたそれは、紫檀、蘇芳、黒柿《くろがい》、唐桃《からもも》などいふ木どもを材木として、金銀、瑠璃、車渠《しゃこ》、瑪瑙《めなう》の大殿を造り重ねて、四面《よおもて》巡りて、東《ひむがし》ノ陣の外《と》には春の山、南の陣の外には夏の蔭、西の陣の外には秋の林、北には松の林と、ここも四方四季になっている。

とはいえ咲き出づる花の色、木の葉、此の世の香に似ず。梅檀《せんだん》、優曇《うどん》混じらぬばかりなり。孔雀、鸚鵡の鳥遊ばぬばかりなり、とくればさすがに極楽浄土を模しているのが分かるものの、どうやら本格的な庭園研究になると、四方四季が陰陽五行説とつながったり、浄土信仰が州浜や中島などの汀の手法に昇華されたりと、今度は男のほうがピンとこないことも多かった。

いや、ほんとうに分からなかったのは、気がつけば作業ズボンにゲートルという庭師の恰好をたまにしか見なくなっていた友人の心境だった。事故で急死したあと、実家は長男が継ぎ、次男の友人は某大手霊園の跡取りになるために養子に出る予定だったと人づてに聞いた。いずれは霊園を営むための庭園研究だったのか、あるいはいよいよ空想のなかの空想の宇津保へ逃げたのか。尋ねてみたいと思う半面、いまさら返事があるという気もしない。

ところで、宇津保なら俊蔭《としかげ》の段に忘れがたい庭が登場する。父俊蔭に秘伝の琴を教え込まれたその娘は、父母が他界した後、荒れ果てた京極の屋敷で逼塞している姿を貴公子に目撃されるのだが、侘しい屋敷に季節の風情ある草花と月とくれば、うつくしい姫君と琴の音。似たような物語を一つ二つ覗きこめば、まさに平安の夢と戯れる心地がする。蓬葎《よもぎむぐら》さへ生ひ凝りて、人めまれにて、たゞ明け暮れ眺むるに、秋にもなりぬれば、木草の色ことになりゆくを見るまゝに、いふかたなく悲しく――そんな家の垣穂で折れかえる清らかな尾花に招かれて、若子君は屋敷に足を踏み入れる。カノ家の秋の空、静かなるに、見廻りてみ給へば、野ラ藪のごと、恐ろしげなる物から、心有リし人の、急ぐことなくて、心にいれて作りし所なれば、木立よりはじめて、水の流れたるさま、草木のすがたなど、ヲかしく見所あり。蓬葎のなかより、秋の花はつかに咲き出でて、池のひろきに、月面白くうつれり。秋風河原風まじりて、はやく、草むらに虫の声みだれて聞こゆ。月隈なうあはれなり。かくして人の声もない屋敷の東面《ひがしおもて》の格子を一間《ひとま》あげて、琴を弾く人がある。若子君が声をかけると、ほのかな声で返事がある。かげろふの有ルかなきかにほのめきて、あるは有リとも思はざらなむ。

それにしても、女君の屋敷を覗く男が見るのはいつも、ほぼ同じような風情の女たちだ。夜の寝覚の中納言は、竹おほくしげりあふ僧都の屋敷の庭の、軒ちかき透垣《すいがい》のもとにしげれる荻のもとにつたひよりて見給へば、池、遣水のながれ、庭の砂子などのをかしげなるに、簾まきあげて、卅《みそぢ》にいまぞおよぶらんと、おぼゆるほどなる人、高欄のもとにて和琴をひくあり。頭《かしら》つき、容體《やうだい》ほそやかに、しな〳〵しくきよらなる云々。その向かいには、こぼれかゝれる額髪のたえまの、いとしろくをかしげなる女君もいて、まことしく優なる物かな、とされる。このあと、中納言は箏の琴の女君をお目当ての但馬守の三女と間違えて契りを結んでしまうが、俊蔭女と若子君も出会ったその夜に結ばれている。

没落した宇治八の宮の都の御殿の庭も、とりつくろふ人もなきまゝに、草青やかに茂り、軒のしのぶぞところえ顔に青みわたれる。折々につけたる花紅葉の色をも香をも、同じ心に見はやし給ひしにこそ、なぐさむことも多かりけれ、と記される。その屋敷が焼け落ちて後、二人の姫君とともに宇治に移り住んだ、その詫び住まいを薫が訪ねてゆく。入りもて行くまゝに、霧りふたがりて、道も見えぬ繁き野中をわけ給ふに、いと荒ましき風のきほひに、ほろ〳〵と落ち乱るゝ木の葉の露の散りかゝるも、いとひやゝかに、人やりならずいたく濡れ給ひぬ、という山道の先で琴とも聞き分かれぬ物の音が聞こえる。訪ねてゆくと、あなたに通ふべかめる透垣の戸を、少し押しあけて見給へば、月をかしきほどに霧りわたれるを眺めて、簾を短く巻き上げて、人々居たり。そして姫君たちは案の定、はかなきことを、うちとけ宣ひかはしたるけはひども、さらによそに思ひやりしには似ず、いとあはれになつかしうをかし、と記される。

そういえば、高倉天皇の寵姫小督局《こごうのつぼね》が身を隠すのも、鹿が鳴く秋の嵯峨野の詫び住まいだ。平家物語には、亀山のあたりちかく、松の一むらあるかたに、かすかに琴ぞ聞こえける。峰の嵐か松風か、たづぬる人のことの音か、おぼつかなくは思へども、駒をはやめてゆくほどに、片折戸したる内に琴をぞひきすまされたる、とある。この小督には元久二年、定家も病気見舞いをしているが、四十半ばの歌詠みが隠棲の老女に自身の老いを重ねるのはまだ少し早い。それでも、いくつかの秋の歌を顧みるまでもなく、いかにも歌詠みらしい寂寥を覚えはしただろう。秋の野にささ分くる庵の鹿のねにいくよつゆけき月をみつらむ。あるいは、ふしわびて月にうかるる道のべの垣根の竹をはらふ秋かぜ。

そうだ、四方四季といえば酒呑童子もそうだった。あれはいつだったか、たまたま近くを通りかかった逸翁美術館で酒呑童子絵巻の一つ、大江山絵詞《おおえやまえことば》の展示を見たことがあったのだ。小さなひなががラスケースに額を押し付けて、なかに収めてある絵図を覗き込んだまま動こうとしない。帝の命を受けた源頼光ら六人の勇者が、都の女たちをさらう鬼を退治しにゆく筋書きは絵本で知っているはずだが、ひなの眼は絵図についている詞書に食らいついて離れず、読んで、読んでとせがまれるままに途中まで小声で読んでやった。南の方を見れば、軒近き花橘の匂ひは風懐かしく、昔の袖の香やらんと覚え、大荒木の森の下草、鬱悒《いぶせ》きまでに繁りあへる。絶え絶えに常懐かしき姫百合の花の顔も珍しく見えけるに、大きなる桶ども数多据ゑ並べて人を鮨に仕置きたり——というところで思わずひなの顔を見たが、子どもはびくりともしない。傍らを見れば、古き死骸は苔生し、新しき死骸は血付きて——昔の字は難しくて分からないよとはぐらかし、結局その先は読まなかったが、読んで——！　読んで——！　火がついたようなひなの絶叫はいまも耳の奥にある。

後日、その場では読まなかった続きを読むと、西は郡梢雨《くんせう》に染んで梧楸《こしう》の花紅なりとされ、北は雪に埋む岸となっていて、血なまぐさい死体であふれた酒呑童子の庭がほぼ四方四季になっていることを知ったが、酒呑童子が退治された瞬間、その庭が消失したというくだりまであのとき読んでやっていたら、ひなはどんなに喜んだだろう。

8

霧にむせぶ深い夜の底を男は進む。進むと言っても自ら歩いているという感じではなく、周囲の黒々とした山影が滑るように流れてゆくのを見て、ああ動いていると分かるにすぎない。空にはわずかな光もなく、遠方に見えるのがほんとうに山だという確信もないが、裾野は広々として、湿り気を帯びた土や草が強く匂う。かすかに灰の臭気の混じった草地は昨日今日、野火が走ったのだろうか。そんな想像をする端から男は草を焼く炎の熱の名残を感じ、その火が燃え広がっていたときの輝きや、辺り一面に流れゆく煙を確かにどこかで見たような気がし始める。いや、ひょっとしたら昔付き合っていた女友だちが好きだった、尾上柴舟《おのえさいしゅう》の歌から来た幻か。つけ捨てし野火の烟《けぶり》のあかあかと見えゆく頃ぞ山は悲しき。

悲しみがやってくるのは、野火が人里の気配を教えているからだ。歌人柴舟は山の野火にふいに己の孤独を見、レイテ島の密林を彷徨する敗残兵は危険を知りながら玉蜀黍《とうもろこし》の殻を焼く集落の煙に誘われる。死者を焼く煙が遠くにたなびくさまはさらに悲しい。人麻呂は、こもりくの泊瀬の山の山の際《ま》にいさよふ雲は妹にかもあらむと詠み、源氏物語の男君女君たちも歌詠みたちも、折々に死者を焼く煙を雲と眺めて泪する。むろん、悲しみを伴わない火もある。万葉の皇子らは狩りに出て野に火をたき、それを人麻呂が詠う。東《ひむがし》の野らにけぶりの立つ見えてかへり見すれば月かたぶきぬ。もっと透徹した静けさの火もある。高はらのしづかに暮るるよひごとにともしびに来て縋る虫あり。いや、斎藤茂吉なら、うつせみのわが息息《そくそく》を見むものは窗《まど》にのぼれる蟷螂《かまきり》ひとつ、だろうか。

瞼の表か裏かに、漆黒の山すそを駆ける火が映る。農事の野焼きではない、若いころから幾度となく想像をめぐらせ、いまでは夢とうつつの境もなくなった数々の戦の火。たとえば、火鉢を囲んで祖父が子どもらに語りきかせた平家の南都焼き討ちの火がある。興福寺と東大寺の七千余の僧兵と、四万余騎の平家の軍勢がひしめく夜の奈良坂を、師走の大風にあおられた業火が駆け下る。火鉢の炭がパチパチ爆ぜ、琵琶法師が乗り移った祖父の顔面で火が躍る。焼き討ちの火は興福寺や東大寺をのみ込み、伽藍も盧舎那仏《るしゃなぶつ》も経典も焼け落ちて、平家物語に曰く、されば春日野の露も色変り、三笠山の嵐の音、うらむるさまにぞ聞こえける。南の夜空をあかあかと焦がしたこの火は十九歳の定家も見たかもしれない。明月記には官軍入南京、焼堂塔僧坊等云々、東大興福両寺已化煙云々、とある。

また承久の乱でも、北条泰時・時房率いる十九万の幕府勢が瀬田川、宇治川を越えて京に突入したとき、六代勝事記に曰く、やどごとに火をかけしほのほのひかりけぶりの色、たかきもいやしきも行ゑをしらず、たゞこよひばかりとまどひあへる云々。はたまたその二年前には、謀反の嫌疑をかけられた大内守護の源頼茂を後鳥羽院が追討し、そのときの合戦の火が大内裏を焼いた、その火も定家は仰いだかもしれない。野火や藻塩を焼く火とは違い、油や鉄や人肉を焼く臭気が混じる戦の火は、それでも遠目にはなにがしかの詠嘆を誘うものか。いや、内裏で衛士のたく煙をさもあらばあれと詠んだ歌詠みでも、戦となればとても秋風の空に雲ゐの月を仰いでいる場合でもなく、ただ眉をひそめ、弾指《だんし》して燃える空から眼をそむけたことだろう。戦は、そへ歌、かぞへ歌、なずらへ歌、たとへ歌、たゞこと歌、いはひ歌のどれにも馴染まない。むろん春夏秋冬、賀、哀傷、離別、羇旅、恋、雑、神祇、釈教の詠題にもなり得ず、そのまま世界の一部をただ真っ黒に塗りこめて虚無と化してゆく以外にない。

瞼で燃える火に見入るうちに、男は昔からたびたび拘泥してきた戦火の情景をいくつか思い起こしている。万葉集では壬申の乱で大海人皇子の大軍の幟旗に付けた赤い印が、野ごとに着きてある火の風の共靡《ひたなび》くがごとくと詠われるが、中学生にはその火は近江路を埋め尽くした兵たちの血の赤に思えた。男が知る限り、古今東西の幾多の戦場ではつねに火の赤と血の赤が交じり合い、そこにはときに赤い月も昇る。高校時代に読んだ野間宏の小説では、南洋の戦場から復員した主人公の男が、終戦直後の東京の電車内で、向かい合った女の顔の真ん中に赤い大きな円い熱帯の月が昇るのを見る。ただそれだけの情景からあふれ出た想像の戦場も火の赤と血の赤が交じり合い、想いをめぐらせる自身の大脳皮質から瞼の裏までもが真っ赤に染まってゆくように感じられた。

ほかにも、血と火と機関銃の油でやはりあかあかと燃えていた映画『アラビアのロレンス』の砂漠。ベトナム戦争当時、南ベトナムのゴ・ディン・ジエム政権の仏教徒弾圧に対して一人の僧侶が抗議の焼身自殺をしたときの火。大阪の商家に嫁いだ美人の伯母がよく話していた終戦の年の大阪大空襲の夜。野火どころではない、一晩で大都市を焼きつくした千七百トンの焼夷弾の話を聞くとき、それこそ伯母の顔の真ん中でバチバチと激しい音を立てて燃え広がる火が見えたような記憶がある。空も空気も真っ赤でねえ、熱いのなんの、火鉢に顔を突っ込んだみたいやった。熱い、熱い、いうて陽子が泣くさかい、見たら火の粉で防空頭巾がちりちり燃えていて、おかんが頭巾をひっぺがして足で踏んで火ぃ消して。その間に、あとからあとから逃げてくる人に蹴飛ばされてこけたら、今度はうちらがおかんとはぐれてしもうた。それでも陽子と二人でべそかきながら走って走って、火の手から逃げられたんはほんに奇跡やった。あの火を思いだすさかい伯母さんは五山の送り火も薪能もあかんのよ。そうそう、鵜飼舟の篝火も苦手。ぼんは川端康成の『篝火』いう小説、読んだことある？　川端が初恋の人と一緒に長良川を通る鵜飼舟を眺めたとき、初恋の人の顔に篝火が映ってきれいやったていわはるんやけど――。そうや、今年の京都薪能の演目は何？　伯母さんは、やっぱりお父さんの『羽衣』が絶品やと思うけど、般若もええわねえ。ぼんはお父さんが演じはる演目のどれが一番好き？

そのとき自分が何と答えたのかは記憶にないが、能舞台を幽玄にするのはまさしく半闇やゆらぐ篝火であり、亡者の出入りであって、舞の所作そのものが幽玄なのではない。稽古場の白い檜の床をすべる父の白足袋の足は、明るい蛍光灯の下では母や子どもを足蹴にする絶対者の冷酷そのものに過ぎず、それがひとたび仄昏い舞台に立つやいな清経になり、敦盛になり、義経になる。天女になり、般若になり、采女や小町になる。そのとき父はもはや父でなく、半闇にまぎれてひそかに亡者となっている――よくそんな想像をした。能面の下は実は髑髏なのだ、と。かつて伯母が言ったとおり、だから父にはとりあえず般若が似合う。とまれ、各地の鵜飼も夜の川面をこがす篝火の火の粉が感傷をきわだたせ、恋を恋たらしめる。かの源氏も、養女の玉鬘の姿を愛でるためにあるときは庭の篝火を灯させ、あるときは訪ねてきた兵部卿に見せるために玉鬘の寝所に蛍を放ったりする。いい歳をしてアホか、自ら養女として六条院に迎えた女をいったいどないしたいんや、このおっさんは――庭師の卵だった友人ならそう言うに違いないが、かくして兵部卿は、かくおぼえなき光のうちほのめくを、をかしと見給ふ。程もなく紛はして隠しつ。されどほのかなる光、えんなる事のつまにもしつべく見ゆ。ほのかなれど、そびやかに臥し給へりつる様体のをかしかりつるを、飽かず思して、げに案のごと御心にしみにけり云々。

思えば男自身のさまざまな記憶や夢も、その多くはゆらぐ火の下で眺めてきたような陰影をもつ。古い京町屋の生家がもともと薄昏かったことに加えて、自身の感情生活や家族との関係もまた薄昏かったせいか。いまも耳の奥には襖の向こうから漏れ聞こえるいくつものだみ声や嗄れ声、笑い声がある。それらの声は、祖父や父や親戚の男たちの酒で濡れた喉を通って冬の牛鍋を囲む座敷にばらまかれ、襖のこちら側で耳をそばだてる女子どもの耳に潜り込む。う〜み〜ゆ〜かば〜。掠れただみ声がひとつ湧きだすと、たちまち二つ三つの声が寄り集まって重なり、み〜づくかば〜ね〜、やま〜ゆか〜ば〜。いやですよ皆さん、やめてくださいな、新年にそんな歌。座敷で鍋の世話をしている叔母の誰かがふだんと違う艶っぽい声を上げ、いや悪いなあ、ぼくらの懐かしのメロディいうたら軍歌なんや、古関裕而《こせきゆうじ》、万歳！　その端から男たちの笑い声に勢いがつき、守るも攻めるもくろがねの〜、浮かべる城ぞ頼みなる〜。縫物をする祖母がうつろな眼を泳がせ、母は眉間に皺を寄せる。

そういえば背嚢に万葉集を入れて入営したの、義雄やったか。俺やない、達夫さんやろ。文庫本なんか弾除けにも質草にもならへんのに、さすが帝大出。そういうお前、入営前に金春本の風姿花伝や野上豊一郎《のがみとよいちろう》の謡曲全集なんかをごっそり質入れしていったやろ、あとで親父が本が消えたいうて大騒ぎしはって、ぼくらが古本屋へ探しに行かされたんやで。そやかてあの金があったさかい生き延びたようなもんや。袖の下でもなかったら、生っちろい能楽師なんか戦地へ行く前に腕の一本ぐらいへし折られていたで。義雄さんは袖の下よりその口であんじょう生き延びはったんやろ。ほんまや、昔から舞に口はいらんいうて、親父によう怒られとったもんなあ。とんとんとんからりと隣組〜、格子を開ければ顔なじみ〜、回してちょうだい回覧板、知らせられたり知らせたり。とんとんとんからりと隣組〜、思い出す端から男の耳には『ドリフ大爆笑』のオープニングテーマが響いてくる。ド、ド、ドリフの大爆笑〜、チャンネル回せば顔なじみ〜 笑ってちょうだい今日もまた〜、誰にも遠慮はいりません！

鍋の蒸気と燗酒の勢いにあてられた言葉たちは延々とぐろを巻いては崩れ、滲みあいながら合流してはまた崩れてゆく。おい義雄さん、ぼくらがわざわざ大阪へ足を運んで、向こうで歩兵八連隊に入った理由を奥さんに話したげて。あああれね、理由いうほどのもんやあらへんけど、京都でそのまま九連隊に入ったら、よその門弟はんらと一緒になりますやろ。それがなんとのういやで。べつに示し合わせたわけやあらへんけど結果的にみんな同じことを考えたようで、気がついたらみんな仲良う八連隊。そやけど、そのおかげでぼくらは仏印で終戦を迎えられたけど、もし九連隊に行っとったら、ルソン島かレイテ島で全滅しとりましたさかい。いや、ぼくらの名誉のために言うときますが、八連隊が格別に楽やったわけやあらへんし、バターン半島やコレヒドール島なんか、それはもう——。ここは〜御国を〜何百里〜、離れ〜て遠き満州の〜、赤い〜夕日に照らされ〜て〜。

それにしても達夫さん、ほんまに外地で万葉集を読んではったんか？ 読んだら悪いか、いやいや嘘や、誰が戦場で万葉集なんか——。くぐもった父の声は、薄笑いを含みながらうるさそうに弟たちや甥たちの問いかけを払いのける。父がほんとうに万葉集をもって入隊したのか否かより、少なくとも古代からの勇壮な伝承や追憶、恋、望郷などのどれもが父と結びつかない。たとえば雄略天皇の歌。籠《こ》もよ　み籠持ち　掘串《ふくし》もよ　み掘串持ち　この岳《をか》に　菜摘ます児《こ》　家聞かな　名告《なの》らさね　そらみつ　大和の国は　おしなべて　われこそ居れ　しきなべて　われこそ座《ま》せ　われこそは　告《の》らめ　家をも名をも。こんな堂々たる愛の歌からもっとも遠いところに父はいる。稽古のない日は女を囲っている木屋町の仕舞屋で昼間から女の三味線を子守唄にし、夜は木乃婦《きのぶ》の仕出しや圓堂《えんどう》の天ぷらを取って、女をぽたぽたと吸いつくような白いもち肌のメス豚に育てている。そういう男がたしかに戦争に行ったというのか。鉄砲で人を撃ってきたというのか。三年で兵長になるほどの勲功を上げて、功七級の金鵄《きんし》勲章をもらってきたのかと、子どもは執拗に自問自答する。だからどうだというより、能舞台に立つ髑髏と、超のつく女たらしと、鉄砲を担いで行軍する無粋な兵士の決定的な分裂が、あわよくば父という幻想を根こそぎ吹き飛ばしてくれないかと祈るような心地で息を殺す。

　君は担任に、父親には三者面談に来てほしくないて言うたんか。いや、用心深い君はそんな直截《ちょくせつ》な言い方はしいひんやろな。どのみちその日は用事があるさかい面談には行かれへんが、ぼくのほうこそ父親面して学校へ行くなんぞまっぴらや。君もぼくの望みどおりの生き方をする気はあらへんねやから、お互い干渉しいひんにこしたことはない。その代わりに一つ教えたげる。ぼくが能に人生を懸けたのは、そうして自分を縛りつけておかへんかったら、ぼくのなかにある狂った血が暴れだすからや。親父を見たら分かるやろ、あれがぼくの血や。そやさかい、ぼくは息子の君にも同じように舞に精進してほしいと思うたんやが、君は端《はな》からそうはならへんかった。いまさら理由は聞かへんし、知りたいとも思わへん。君が文学をよくすることは親父から聞いているし、大学では好きな分野へ進んだらよろしいが、これだけは忘れなや。君は生物学的にはぼくの血を引いているんや、何を学ぼうが、何をして働こうが、君の本性は親父やぼくと一緒や。女たらしで好き者で、物狂い——。ヒヒ、ヒヒ、ヒヒ。

髑髏が高笑いする。ヒヒ、ヒヒ、ヒヒ。能舞台の上の堂々たる天女や般若からは想像もつかない、こんな醜くゆがんだ笑い方をする男の眼の奥を、女たちは覗いたことがあるのか。平然と物狂いを自称する男の虚無が篝火に照らされて口を開けるのを、母親は、祖父母は、あの木屋町の女は、学校の担任たちは見たことがないのか。みんなの眼はいったい節穴か。いや、こうして自分の眼の前に広がっている世界こそが節穴なのか。十一か十二のとき、じっと息を詰めるようにして三者面談の場に坐っていたことがある。親御さんに申し上げても詮無い話かとは思いますが、顔見知りの小学生がベトナム戦争の報道写真集を買っていったて、本屋がわざわざ学校へ通報してくるのはよっぽどのことやと思うてください。大人でも眼をそむけたくなるような残酷な戦場の写真ですし、親御さんも息子さんの読書内容に、日ごろからちょっと目配りしていただけませんか。へえそうでしたか、まあそういうことでしたら、その写真集は私が本人から取り上げますが、いくら親でも子どもの腹のなかは覗かれしまへんし、口先で言い抜けられたら、それも止められはしまへん。それに子どもが残酷なものに興味を持つのは案外ふつうのことと違いますか。

父子家庭のため仕方なく出てきた父と担任の声が白々と頭の上を行きかう間、子どもはひたすら火のことを考えている。サイゴンで自らに火をつけた僧侶を包んだ火の赤。燃え広がるのではなく、ちょうど蓮華座を組んだ人のかたちに合わせて炎は立ちのぼり、人肉の脂は燃えて黒い煙を吐く。伯母に聞いた第一回の大阪大空襲でも四千人が同じように焼死したというが、僧侶がたった一人で自分の生身に火をかけたかの焼身自殺は、多くの眼に一部始終をつぶさに捉えられたという意味で、かけがえのない全き行為だと子どもは感じる。しかも、自分には到底できることではない一方、それを実行したのも自分と同じ人間であり、そんな強烈な意志をもった人間を生み出す圧政や戦争が世界にはあることに羨望を覚える。ひるがえって自分はといえば、何もない京都の片隅でいまさらのように何者にもなれない胸苦しさを感じては、眼の前で髑髏の口がぱくぱく開いたり閉じたりするたびに焼けつくような憎悪をつのらせ、残酷なものに惹かれているのはおまえだろう、戦争で人を殺してきたのだろうと腹のなかで悪態をつく。親戚の誰かの話では、赤紙で召集された兵隊はふつう鉄砲の引き金もろくに引けないものだということだったが、父は勇敢に戦い、勲章までもらって帰還し、野間宏や大岡昇平が描いた兵隊たちのように狂うこともなかったのだ。ああいや、時系列で見れば、これはあのときの三者面談の場で考えたことではなかったかもしれない。

瞼の奥で燃える火はなおもあかあかと僧侶の身を焦がして燃え盛り、それは間もなくベトコンの村を焼くアメリカ軍の火炎放射器の炎になり、草地を走る野火になる。それは海を越えて暮れ方の野辺をゆく旅人の眼球に映り、歌人の眼がそれを捉えて、つけ捨てし野火の烟のあかあかと――という一首が詠まれると、半世紀ほど後には京都の無名の女学生がそれに惹かれ、大文字の送り火が映る下鴨の河原で男友だちにひとしきりその話をして聞かせる。なんでやろね、平凡な歌やのに眼と耳にいつまでも残るのは、やっぱり火やさかいと違う？　ほら――。ほら、て何や？　火がどないしたって？　いま蘇ってくる女の顔の真ん中には、赤い大きな熱帯の月の代わりに五山を焼く送り火が輝き、それに見入る男はひと塊の悲しみに襲われるが、間違いなくあったはずのその悲しみの理由ではなく、暮れ方の山路や野辺が必ずといっていいほど憂愁を運んでくるのは、これも歌詠みたちがそういうものとして詠んできたからだ、などと懲りずに考えている。たちかへり山路かなしきゆふべ哉今はかぎりのやどを求《もとめ》て。山ざとの門田ふきこす夕風にかりいほのうへもにほふ秋萩。秋をやく色にぞ見ゆる伊吹山もえてひさしきしたの思ひも。小野山や見るだにさびしあさゆふにたれすみがまのけぶりたつ覧。火ではなく、野や山に立ちそう煙だけでも寂寥はつのる。いとゞしくいへぢへだつる夕霧にあまのもしほ火けぶりたち添ふ。下もゆるなげきのけぶり空に見よ今も野山の秋の夕暮。そして、院勘をこうむった有名な一首。道のべの野原の柳下もえぬあはれなげきのけぶりくらべに。思えば定家もまた、野を焼く煙や庵の煙の風情によく感応してきた一人だ。

いや、女は自分からは口にはしなかったが、あのとき女が言った「火」はあの夏に自分の腹に入った小さな火のことだったのだろう。再婚した妻がひなを妊娠したとき、着床出血があったり、熱っぽさが続いたりして妊娠を知ったように、あの女も男友だちの子を宿したと気づいて予想もしていなかった戸惑いを覚えながら、つけ捨てし野火の烟のあかあかと——の歌に見入り、思わず「火」と口にしたのかもしれない。一方、男のほうは相手とのセックスにも飽きてしまったころで、相手の妊娠には気づくはずもなく、秋口に女が急に東京へ引っ越してしまったあと、父親から一言、示談にしたからと告げられたのだった。

夜の底で、いまはまた瞼の奥の火が一層燃えさかり、男は胸をかきむしられる。示談にしたから——。蔑みならまだしも、本ものの憐みを湛えた髑髏の眼があかあかと燃える。その火が女友だちの顔を覆い隠して燃え広がり、目鼻立ちももう判然としないのが悲しい。

それにしても、自分は父の演じるシテのなかでどれが一番だと思っていたのだろう。祖父の舞台はいくらでも具体的に数え上げることができるが、父の舞台については、喉まで出かけているのに一度もかたちにならないまま、胸の底で腐敗し続けているものがあることだけが分かっている。あの伯母が言うように、父の十八番は確かにうつくしい増女《ぞうおんな》の面をつけた『羽衣』や小面の『松風』であり、『葵上』や『黒塚』などの般若かもしれないが、男はいまも、もう一つ別の何かがあったような気がし続ける。父が、生家の稽古場の床の間に飾られていた小面の面をつけて演じたはずの何か——。

9

昼も夜もない、天地もない中空のどこからか男を呼ぶ声がある。なう、そこなる人よ、と。耳をすませるまでもなく、その声のほうから漂うようにこちらに近づいてくると、それは嗄れた物憂げな響きとなってさらに曰く、なう、このごろうちしきり見ゆる貴殿なれば、旧人《ふるひと》にも覚え成り侍りて。尋ね聞こえまほしきことありて言問ひ給ふれば、如何ならむ。

すると、いつどこから現れたのか、瞬き一つする間に男の前には立烏帽子に冬の蘇芳の直衣と指貫を着けた歌詠みが立っており、旧知というほどでもないのに、およそ八百年も時代が違うこちらの姿恰好に驚く素振りもない。いや、それは男も同じで、この夢の回廊ではそもそもこういう不思議が不思議ではないのかもしれない。事実、如何ならむと問われた男もまた間を置かず、お尋ねになりたいこととは何でしょうかと応じ、歌詠みは彼方を仰ぎ見る仕草とともに、あれに見ゆる古き人は誰に御座《おは》するぞと新たに問うてくる。もし、大君にや、と。

大君？　歌詠みが眼をやった辺りには、いつの間にか雪か時雨の紗がかかった荒涼たる山道が延びており、そこをゆく一人の男がいる。黒い冠に濃い紫の袍《ほう》と白袴の朝服姿は、歌詠みよりさらに六百年ほど遡った飛鳥時代のようだと男が眼を凝らす端から、歌詠みはこう続ける。彼方ののたまはするを聴き添へ給ふるに、おのづからそらに覚え浮かぶは、み吉野の耳我の嶺に時なくそ雪は降りける、間なくそ雨は降りける、その雪の時なきがごと、その雨の間なきがごと、隈もおちず思ひつつぞ来し、その山道を——世に伝はりたる万葉の名高き一首なれば、然ても彼方は天武の大君にぞ御座しまさふ。如何に思し合はせられるか。

み吉野の耳我の嶺にとくれば、万葉集の初めのほうに出てくる天武天皇の吉野道行きの一首以外にはない。いや、山道をゆく人物がいままさに歌を吟じているとしても、その声が聞こえるような距離ではないと訝った次の瞬間、時空を飛び越えて確かにそのような音の粒が耳の周りを漂い、ああ歌詠みの耳にもこうして聞こえているのか、などと思いながら、それにしても天武がまだ大海人皇子だったころ、都を脱して吉野に逃げたときの道行きの物思いの深さは想像を絶します、と男は応える。

げに。日嗣《ひつぎ》の皇子を圧さむと軍に出でける心根は、鎌倉の武士も色を失ひけむ横様にかあらむ。打ち立たでもありにしものを、なかなかに苦しきまでも物思ひ給ふらむ——。歌詠みは感心したように言うが、骨の髄まで四季折々の風物や陰影への美的感応でできているその心身に天下分け目の大乱の足音は伝わらないだろうし、間もなく数万数十万の大軍を率いて戦端を開くことになる反逆者の思いの丈も正確には想像できないだろう。それは男も同じだが、雨と雪に閉ざされた陰惨な山道のただならぬ空気をかぎ取り、そこを行く大いなる反逆者の、破裂せんばかりの集中と凝縮を感じ取ることはできる。それが丈高き天皇御製の長歌となって吉野の山々に木霊《こだま》する万葉の世に、思いをはせることはできる。人麻呂などとは違うその響きに、さては歌詠みもまたちょっと耳を奪われたか。いや、時雨や雪に閉ざされた景色も、ひとたび歌詠みの眼に映ると、人もわかず山路しぐれてゆく雲をともなふ峯の袖のしづくは、となり、雲かゝる峯よりをちのしぐれゆゑふもとの里をくらすこがらし、となり、冬のあした吉野の山のしら雪も花にふりにし雲かとぞ見る、となる。

そういえば人麻呂が有乳山《あらちやま》峯のあは雪寒くぞあるらしと詠めば、歌詠みもまた、有乳山峯のこがらしさきだてて雲のゆくてにおつる白雪と詠む。冬ではないが、さみだれの雲のまぎれに中たえてつゞきも見えぬ山のかけはしという雨の景色があり、人麻呂が詠んだ三輪の檜原《ひばら》を借りて、三輪の山五月の空のひまなきに檜原のこゑぞ雨をそふなると詠んだりもする。歌詠みにとって、雪や雨が誘うのは旅愁であり愁思であり、冬は冬の美に耽るために三十一文字を研ぎ澄ますだけのことなのだが、それでもときには無意識にだろう、雪や雨に降りこめられた空の昏さそのものに見入っているかのような歌を詠むこともあり、そういうときの言葉たちはかすかな異物の立てる耳鳴りとなってこちらの内耳に忍び込んでくる。たとえば、つれもなくかすめる月のふかき夜に数さへ見えずかへる雁がね。この夜の雁が詠まれた年の少し前、歌詠みは実朝の金槐和歌集を自ら書写していたはずなので、実朝がまさに黒そのものを詠んだ歌、うば玉ややみのくらきにあま雲のやへ雲がくれ雁ぞ鳴くなるが内耳のどこかに張り付いていたのかもしれない。いや、それでも歌詠みは若き将軍のように黒そのものに見入ることはなく、帰雁の情景は結局、彼の網膜の上でうつくしい春雨へと溶け出してゆくのだ。霜まよふ空にしをれし雁がねの帰るつばさに春雨ぞ降る。

いや、そろそろ古希を過ぎたやに見える歌詠みの眼はいま、やはり見えない闇を見ているようだと男は感じ取る。かつて知らないうちに見入っていた昏い山や雨が、天武がゆく山路と重なり合い甦ってきたのだろうか。たとえば、こえわぶる木の下やみの霧のまにありあけしらぬ足柄の山という一首も昏い。月もいさまきの葉ふかき山のかげ雨ぞつたふるしづくをも見し、も昏い。光のない真闇はそれを見る者の眼球を吸い込み、闇はそのまま反転して眼球を内部に閉じ込める。そこで見えるはずのないものが見え、見たことのない時空が見えるかもしれないという切ない想像は、老いや病を抱えた現身にとって魅惑的である一方、ときにはさらなる闇へ引きずり込まれることもある。男自身、何度もそんな経験をしたことを思いだすと、いま、耳の傍で鳴り出す唸りのような音圧を感じ、数秒ごうと吹き去ったそれを高野山で聞いた僧侶たちの声明《しようみよう》の雲、あるいは何かの修羅能の地謡かと思う。一つひとつはかたちのない読経や謡の昏い靄が無数の見えない糸となって男を縛り上げ、全身から搾りだされた自身の苦悶や後悔や怒りの音圧が闇に満ち満ちてゆくと、男の意識はいつの間にか闇の底からどこかの深い森へと押し出されている。

いや、なおも光はなく、木々の姿も見えず、とっさに森だと思った理由は分からないが、確かに森だ。網膜に張りついた黒があるばかりであっても、深々と繁る木々の枝葉を雨のしづくが伝わる気配や樹皮の匂い、かすかに奥行を知らせる冷気の通り道などを感じる。そうだ、若いころによく眠りの淵で見たあの森か。ダンテ・アリギエリが人生の道半ばで迷い込んだという昏い森——。

定家朝臣。ここで貴殿に、小生が若いころに親しんだ叙事詩に出てくる昏い森の話をしてもよろしいか。男は相手にそもそも叙事詩というものやフィレンツェなどを理解できるか否かと自問することもなく、その場で当たり前のように歌詠みに語りかけ、歌詠みもまた当たり前のように、言へばさらなりと応じる。さて、天竺よりはるか西のほうにフィレンツェという都市があり、そこにダンテ・アリギエリという詩人がいたのです。ちょうど貴殿と同時代に生きた人で、フィレンツェの統領になった政治家でもあります。その人が政争に敗れて失脚した後に書いた、百篇の歌からなる叙事詩『神曲』が今日まで伝わっています。万葉集や貴殿の拾遺愚草がいまなおこの国で大切に受け継がれているように、です。『神曲』では、人生の昏い森に迷い込んで進むべき道を見失ったダンテが、地獄、煉獄、天国をめぐってゆくのですが、ダンテの師となってその旅路を導くのがヴェルギリウスです。これはダンテより千三百年も溯った古代ローマ帝国の大詩人で、トロイア戦争後の王子アエネーイスの活躍を綴った叙事詩『アエネーイス』が有名ですが、日本人には『牧歌』に謳われた、失われし理想郷アルカディアのほうがよく知られているかもしれない。そういえば個人的には、貴殿が好んでお詠みになる春霞や柳の下萌え、冴え冴えとした月の光などは、後世の人びとが夢想したロマン派のアルカディアの風景を思い起こさせます。ほら、おほぞらは梅のにほひにかすみつゝくもりもはてぬ春のよの月、とか、秋の月なかばの空のなかばにてひかりのうへにひかりそひけり、とか——。

とまれダンテがヴェルギリウスに導かれてめぐる地獄は、初めに地獄の門をくぐると地の底に向かって漏斗状に落ち込んでおり、もっとも軽い地獄からもっとも重い地獄まで九層に分かれていて、そこには閻魔の代わりに冥界の神の咆哮が響いています。それぞれの層では、死者たちが生前の罪によってさまざまな責め苦を科せられる阿鼻叫喚の光景が繰り広げられていますが、それらは貴殿もご存じの六道絵と驚くほど似ている。たとえば煮えたぎる血の川に漬けられたり、火の雨が降り注いだり、身体を引き裂かれたり、永遠に氷漬けにされたり。私がいま思い浮かべている森は第七層にあり、ダンテとヴェルギリウスは血の川を渡ってその森に辿り着きました。

そこに道はなく、見渡す限りねじくれた黒い木々の海です。そこらじゅうに苦悶の叫び声が満ち満ちているのに、人の姿はない。そこでダンテはヴェルギリウスに言われるままに手近な木の枝を一本折ってみると、その木がどす黒い血を垂れ流して、なぜ私を引き裂くと叫ぶのです。仮に私が邪悪な魂であったとしても、おまえには憐憫の情がないのか、と。

森の木々はすべて自殺した人びとの魂の成れの果てで、魂たちは醜悪な樹木と化したまま、最後の審判の日には自ら葬った自分の肉体をそこに吊るす。二度と元の肉体を身に着けることが許されないのは、自殺というかたちで自ら捨て去ったものだからです。もともと神の似姿として造られた人間が自らを葬るということは、すなわち神の否定にほかならないというのがダンテの生きたキリスト教圏の考え方です。いや、キリスト教の神は現代ではすでに死んだとも言われているし、小生はもとより神を知らない人間ですが、それでも学生時代にこの自殺者の森に息を殺して見入ったのは、小生の祖父が自殺者だったからです——。

そうして語るうちに、男の声は発せられる端から一部は周辺に飛び散ってばらばらになり、一部は男自身の内耳に逆流して身体の空洞になだれ落ちる轟音になる。いつの間にか歌詠みの姿が薄い影となって消えてしまったのは、歌詠みがヴェルギリウスにはなれないというより、導かれるべき男のほうにその資格がなかったということに違いない。かくして男は内なる自分の咆哮《ほうこう》に包まれて、学生時代と同じように自殺者の森に分け入り、そこらじゅうに響きわたる苦悶の叫びのなかに祖父の声がないか、じっと聞き入るのだ。

幾度も幾度も繰り返し同じ森に足を踏み入れ、一つ一つは聴き分けられない無数の叫びの分厚い音圧に押しつぶされながら、祖父はどこだ、どこにいると虚しく喉を絞り続ける夢に進展はなく、終わりもない。祖父が自殺したとき小学生だった男には、自殺の理由や前後の正確な事情は知らされなかったし、周囲の話から祖父がある時期精神病院に入っていたのは確かなものの、祖父の狂気には誰の眼にも明らかなかたちがあったわけでもない。それでも祖父のしぐさや顔つきのなかに言葉にならない異様な波動のようなものはあり、自殺する少し前には何か起こりそうだと子どもながらに感じ取っていたのだった。しかもそれは、畏れというより子どもらしい仄昏い期待に近く、そこにはぼんやりとながら死の匂いも含まれていたような気がする。厳格な生命現象の途絶としての死ではなく、時代劇や怪獣映画で描かれる一つの身振りとしての死に過ぎなかったにしても、人間がもっているいくつもの身振りのなかでは格別の、反復不能で劇的でもっとも感情を揺さぶるものではある。しかも、祖父は子どもの脳裏では豪勢な甲冑を着けた木曾義仲や楠木正成や本多忠勝と重なっていたし、ときどきに死んでは生き返り、生き返っては死ぬことを繰り返していたから、あのときもいくらかはその延長線上にあったのかもしれない。

あれは、もうすぐ夏休みが終わるという日の未明だった。飼っていたアカハライモリを近所の猫がくわえてゆくのを見つけて追いかけようとしたとき、二階の自室の窓から、能装束をつけた祖父が裏庭の納屋に入ってゆくのが見えた。しかし男には、祖父が夜明け前のこんな時間にいったい何をしているのかと訝った記憶はない。むしろ、厚板《あついた》の着付に大口《おおくち》をはき、長絹《ちょうけん》を肩脱ぎにした亡霊姿の背中はまさに裏庭にあらわれた幽鬼に見え、以前からぼんやりと待ち望んでいた何かだととっさに察したに違いない。いや、寝ぼけまなこで猫を追いかけていたときだったし、あらぬ夢を見たと思ったのかもしれない。そうだ、イモリをくわえた猫が屋根伝いに走り去り、ひっくり返った水槽の水で足を濡らしながら男も走り、能装束の祖父の姿は二秒で視界から消えてしまったのだから、どれもが夢であってもおかしくはなかった。

いや、夢なら覚めるはずだが、実際には男は濡れた足が滑って一階の勝手口で転び、その間に猫は姿を消し、男は打ちつけた脛の痛みとイモリが猫の餌食になったショックのせいで、納屋に消えた祖父のことは脳裏からしばし飛んでしまったというのが正しい。その後、懐中電灯を持ち出してイモリを探しまわり、胴体が半分になった死骸を見つけたときには夜が明けていたのだが、男が祖父のことを思い出したのはさらに二時間も経った午前七時過ぎ、手伝いの女性が裏庭で叫び声を上げたときだった。

その前後のことを、男はその後も繰り返し繰り返し呼び戻し続けて、いまもまた本ものの夢のなかで呼び戻そうとする。第一に、手伝いの女性の叫び声を聞いた直後に祖父のことを思い出したが、やはり驚きはなかったこと。第二に、父や住み込みの弟子たちがあわただしく母屋を飛び出してゆく騒ぎの間じゅう、二階の自室でただじっとしていたこと。殺気だった話し声や近所の医者や駐在の自転車の音を正確に聞き取りながら、自分の眼では見ていない祖父の死を確信する一方、やはり驚きだけが欠落していたこと。第三に、そうして祖父が身に着けていた装束とその着付けをすみずみまで思い浮かべては、あれは清経か、忠度か、通盛かと思いをめぐらせたこと。後ろ姿だったので着けていた面は見ていないが、おそらく青白い中将の面だったはずだ、と。実際には見ていないのに、男のなかでそれはいつしか確信になり、祖父は妄執に囚われた公達の亡霊と一つになって、それこそ夢の浮橋を渡るようにして夜明け前の闇へ舞い出たのだという物語がつくられた。生前祖父がときどき舞っていた清経は子どもには面白くなかったが、祖父は死して救いのない修羅道に落ちる武将の苦しみに共振するところがあったのかもしれない。精神の平穏を失いがちな自身の未来を閉ざすことで、あえて入水という不名誉な最期を遂げた清経に自分を重ねたのかもしれない、と。

いや、それよりも、あのときの子どもはいったい祖父の自殺を予感していたのか、否か。予感していたにもかかわらず、事前に大人たちには話さなかったのか。男は繰り返し自問し続ける。あえて自分だけの秘密にしたのはなぜか。自分は大好きだった祖父の死を待ち望んでいたのか？　そんなことはあり得ないと強く否定する傍ら、おまえは死を見たかったのだと囁くもう一人の自分がいる。死に惹かれるおまえのような人間のために地獄はある。おまえのためにこそかの自殺者の森はある。さあ森へ行け。そこで探すべきは祖父の声ではなく、おまえ自身の苦悶の声だ。そら、聞こえるはずだ、懲りない邪悪な魂の声が。へし折られた枝からどす黒い血を噴き出させて叫べ。ほんとうは死を見たかったのだ、と。

いや、こんなことはこの歳になっていまさら振り返ることではない。男は気恥ずかしさとともに自省してみたが、これまで数百回、数千回も繰り返された自問自答の声のほうがとりあえず大きかった。そして、それらの声が昏い森に満ちる苦悶の叫びと重なり合ってこだまするうちに、それは闇を揺るがす地謡になる。あ、清経か——。最後の修羅道の段の、立つ木は敵、雨は矢先、土は精剣、山は鉄城、雲の旗手を突いて、驕慢の剣を揃え云々の烈しい地謡に包まれて、虚空に扇や太刀をふるい、白足袋で刻み拍子を踏む祖父の苦悶の清経が瞼をかすめる。

しかし、清経の亡霊は最後には十度念仏を唱えて成仏するのだが、では祖父は？　生前、神社への奉納はしていたが、浄土真宗の熱心な檀家だったこともない祖父の病んだ魂に、浄土も救いもなかっただろう。男が知る限り、祖父は成仏と無縁の苦界に自ら首まで浸かって狂気を楽しみ、飼いならし、むしろ平穏の退屈を恐れた。正月初会に演じる格式高い『翁』より、修羅能の亡霊や鬼女を嬉々として自在に舞い、その凄みに観る者が文字どおり凍りつくのを何よりの愉悦とした。道成寺や安達原の鬼女、鉄輪の鬼女、六条御息所の生霊。いやそういえば、祖父がもっとも得意としたのは『阿漕《あこぎ》』だったか。伊勢太神宮のご膳調進の網をひくための神前の禁漁区で、一人の海士《あま》が生活のために夜な夜な禁じられた網をひき、それが露見して処刑され、海に沈められた末に地獄の呵責を受ける。数ある謡曲のなかでももっとも昏く救いがない、荒海の咆哮のような地謡が湧き出すやいなや自殺者の森は消え、男はいまは新たにその阿漕が浦の海辺に押し出されている。

阿漕の霊を舞う祖父は頬がこけた蒼白な痩男《やせおとこ》の面をつける。被り物は黒頭《くろがしら》。装束は縷水衣《よれみずごろも》に腰蓑。真夜中に波の底から姿を現した海士姿の阿漕の霊は、懲りずに網をひく身振りを繰り返し、荒波が地獄の猛火となってその身を焼く。あら熱つや、堪えがたやと地謡が叫ぶ。生きるために殺生をせざるを得なかった海士の業に、伊勢太神宮のすさまじい怒りが加わった阿漕の受苦には終わりがない。丑三つ過ぐる夜の夢と謳われる地獄の光景は、手慣れし鱗類《うろくず》今はかえって悪魚毒蛇となって、紅蓮《ぐれん》大紅蓮の氷に身を傷め骨を砕けば、叫ぶ息は焦熱大焦熱、焔煙《ほのおけむり》雲霧《くもきり》であり、助け給えや旅人よ、助け給えや旅人と叫びながら阿漕はまた波の底に消えてゆくのだ。これは阿漕がそれほど罪深いということなのか、それとも神前の海を汚したと怒り狂う伊勢太神宮のほうが異様なのかと問えば、祖父はおそらく後者だと答えただろうと男は思う。そうだ、『阿漕』の破格の陰惨さの源は、哀れな海士を苛む伊勢太神宮の嗜虐心《しぎゃくしん》にこそある。そしてそれは、同様に陰惨な自殺者の森を発想したキリスト教徒のダンテが知らなかったものなのだ。『阿漕』の不詳の作者、あっぱれと言うべきか。

10

この夢の通い路はついこの間も雨模様だったが、見渡せば、いままたそこここでしのつく雨に追われた人びとが走る。そら、あれは東山に百寺拝み侍りけるおりの左京大夫道雅か。事有り顔をして、もろともに山めぐりする時雨かな、ふるにかひなき身とは知らずやなどと嘯《うそぶ》いているのは。ふすぶるにやあらむ。この二百年ほど後、法印聖覚《せいかく》が道雅のその一首を本歌にして、もろともに山辺をめぐる村時雨さても憂き世にふるぞ悲しきと詠んだことを道雅当人は知らない。一方、聖覚がこれを詠んだのは熊野で、定家が編んだ『新勅撰和歌集』の詞書には、しばし世をのがれて大原山いひむろのたになどにすみわたり侍りけるころ、熊野御幸の御経供養の導師のがれがたきもよほし侍りて、みやこにいで侍りけるに、しぐれのし侍りければ、よかはの木のかげにたちよりてよみ侍りける――とある。

また、その熊野路では建仁元年冬、和歌所の寄人として後鳥羽院の行幸に供奉した若き定家がやはり雨に降られている。御幸記に曰く、松明無く天明之間、雨忽ちに降る、晴れ間を待つと雖《いえど》も彌《いや》注ぐが如し、仍《よ》って営から一里ほど歩く、天明風雨之間、路窄《せま》く笠を取るに及ばず、蓑笠を着るも輿中《よちゅう》海の如く、林淙《りんそう》の如し、終日嶮岨《けんそ》を超す、心中は梦《ゆめ》の如し云々。熊野本宮へ向かう雲取越、いや、その本宮からの帰りの道中だったかもしれない、同道の殿上人らとともに指貫の裾を手でからげ、あるいは輿《こし》にしがみつき、烏帽子から雨を滴らせて険しい山道を急いだのだろう。折々に深山紅葉だの羇中聞波だの海辺冬月だの、詠題を与えられて披講した歌も千々に砕けてはやかたちもなし。さても雨中に漏れ出づる殿上人らのすずろに語り興ずる声ぞかしましける、といったところか。いざ、さのみやはとて、え降り増さらじ。げに急ぎ侍りぬるぞ。如何でとく京へもがな。如何にいはむや、と。ときによりしほしほと、ときによりはらはらと流るゝ雨に交じらふゑ笑ふ声のゆるびもてゆく。

男は雨の紗をかき分けるようにして眼を凝らし続ける。紗の下で殿上人らの声はとぎれとぎれにさえぎられ、いつしか色とりどりの直衣は水底の熱帯魚と化して、ひらひらと群れ泳ぎ続ける。輿中如海とはよく言ったものだ。そして瞬きするうちに風景はどこかへ翻り、見れば降りそぼつ雨の底を走る男の姿がある。そうか、あれは「明石」の帖の冒頭だ。かしらさし出づべくもあらぬ空の乱れに、出で立ち参る人もなし、という雨中を、二条院の使いの者が紫の上の手紙を携え、あやしき姿でそぼち参れる。手紙には、あさましくをやみなき頃の気色に、いとど空さへとづる心地して、ながめやる方なくなむとあり、源氏はひきあくるよりいとど汀《みぎは》まさりぬべく、かきくらす心地し給ふ云々。そういえば「宇治十帖」でも、雨降りやまで、日ごろ多くなるころ、浮舟を想う薫の大将と匂宮の使者たちは、それぞれの手紙を懐に雨夜にまぎれ、主のために三条の宮や二条院と宇治を幾度も往復する。そして板挟みの浮舟は匂宮に、かきくらし晴れせぬ峰の雨雲に浮きて世をふる身をもなさばやと書き送り、薫には、つれづれと身を知る雨の小やまねば袖さへいとゞみかさまさりて、と返すのだ。どちらも空が破れているかのような雨の下、間もなく入水する女の息遣いさえ消え入りそうだ。

宇治に降りこめていた雨は、いつの間にかまた熊野路に降る氷雨《ひさめ》に変わり、しばし誰某の言ひしろふ声が戻ってくる。されば、今宵の茅葺屋の狭きこと如何にぞや。あれは身のほどにあはせて侍るや。さもありかし。さはいへど余は仮寝にてなでふことなし。甘き酒さへあらば。さはれかくも雨降りわたり、すさまじかりけるに、あぢきなきすさびにて今宵は何をかや詠ずべき。否、心そらにてつれづれといたづらごとを書き集めて何にかはせむ。げに、げに。書いて益なきは書かぬをよしとするなり。かく言ひけるは誰ぞ。貴殿にや。は、は、は。

やよ、定家朝臣をばひとり打ち眺めて、つれづれわぶる心地にこそあめれと見ゆ。如何にぞや。あるにも過ぎて人はものを言ひなすに、定家、なでふことなしと言ひ紛らはす。かくわづらはしき身にてさぶらはずなむ侍れども、仮寝の心をわびしめていささか篤《あつ》しくなり侍りけり、

と。また人びとゑ笑ふ。おお、さにこそ侍りけれ。は、は、は、は。そういえば、定家はたし
かに熊野でも身体を壊していたのだが、上位の殿上人らの接待役はもうたくさんとばかりに、
さぞむっつりとしていただろうその顔は、雨にさえぎられてよく見えない。代わりに見よ、京
は高山寺の絵巻物から抜け出してきたか、蓮の葉を傘にしたカエルが孤独な歌詠みを慰めるよ
うにぴたぴたと雨中を歩いてゆく。
それにしてもこの雨空は見えない彼方に向かって茫々と広がっているのか、それとも漏斗のようにどこかへ向かって狭まっているのか。ふとそんなことを考えたのは、雨模様ならではの軽い息苦しさを覚えたせいか。いや、それよりもたったいま、雨音のすだれのどこかで「じゅうらっか」とつぶやく声が聞こえたのは気のせいか。じゅうらっか。

男は昔から、低気圧で空気中の酸素濃度が下がると呼吸が浅くなって、頭痛やだるさに悩まされてきたのだが、それで気鬱になるというのではなかった。むしろ子どものころは、雨空が間もなくどこかに向かって収斂し始めるさまを想像しては、閉じてゆく世界の内側で自身の肺呼吸そのものを味わい、残された酸素が刻々と減ってゆく下で生命の圧倒的な圧力を感じたりした。子どもはそのとき自身の変態、あるいは官能の在り処を知ったはずだ。むろん、肺をめぐる血液の欠乏と、それのもたらした息苦しさが子どもの脳にそんな隠微な夢想を運んだのだが、幾度となく繰り返された夢想の回路はやがてショートカットされて、雨もしくは水と直結したに違いない。じゅうらっか。

そしてそこでは雨空が彼方に向かって広がってゆくより、どこかへ向かって狭まってゆくような感覚がやってくることのほうが多かったのだが、その感覚にははっきりしたかたちを伴っているものもあったことを男は思いだす。たとえば、夏の日差しがゆらめく小学校のプールの底で見た排水口のなか。水を抜くときそこに一斉に吸い込まれる水の圧力はそのまま窒息する予感へとつながり、息もつげずにめまいを覚えて悶絶した。またあるいは親戚の子どもらと海水浴に行った丹後の海の、犬ヶ岬の水中洞窟。閉じた水の壁の下で一呼吸毎に肺の空気が失われ、浮力が失われて身体が重くなってゆくにつれて、地球の中心に向かって沈んでゆく感じがした、そのとき、まさしく先がすぼまっている細長い瓶のなかを下へ下へと降りてゆくかのようだったのを覚えている。

そうだった、『冒険者たち』という昔のフランス映画で、男二人が死んだ女友だちに潜水服を着せて海中深くまで潜ってゆき、そこで深淵に女を葬るというシーンがある。アラン・ドロンに夢中の女友だちに誘われて観た映画だったが、その水葬のシーンに思いがけず懐かしさを覚えたのは、あの丹後の海の水圧が甦ったからだったし、後年、同じく死者を深い海に連れてゆく『グラン・ブルー』という映画でも、物体に返った死者が光の届かない深海へと沈んでゆく感覚をひどく身近に感じたものだった。どちらも、浮力をもたない身体はまさに狭まってゆく細長い瓶のなかを音もなく落下してゆくのだが、そう、まさにあれが自由落下だった。数千メートルの大深度に向かって、眼に見えない海中エレベーター、あるいは潜水調査船しんかい

6500がまっすぐ降りてゆくような自由落下。いずれにしろ重力のままに地球の中心に向かって引っ張られてゆくのであり、けっして浮遊したりはしない。

そうだ、どこかへ向かって狭まってゆくといえば、ボッティチェリが描いた『神曲』の地獄の図がまさしくそうだった。地球の中心に向かって九層の地獄が漏斗状にすぼまってゆき、大魔王ルシファーが閉じ込められている最下層に、地球上の物質の重力がすべて落ち込んでいるとされる。その力の大きさは想像を絶するが、だからだろう、そこでは降り続く雨でさえ重いと謳われる。たしか飽食の罪の地獄だったか、永遠の重い雨に閉ざされたそこでは頭が三つある飢えたケルベロスが亡者を引き裂き、食いちぎる。亡者たちは怯え、冷たい雨に押しつぶされて影となり、汚れた混濁物となって救いのない苦しみのなかに横たわる。ダンテとヴェルギリウスに気づいた一人の亡者が、ふいに覚醒してしばし自身の生前の所業について訴えた後、いきなり斜視になって頭から倒れ、死に引きずり戻される。そんな詩人のすさまじい想像力に脳みそを射抜かれ、男は学生時代に読んだその雨の章をいまも鮮明に覚えているのだが、まだ地獄も序の口だというのにその救いがたい息苦しさは、いったいキリスト教世界のもつ容赦のなさから来るのか、それとも詩人の言葉の魔術から来るのか。男は慰みに自問してみる。現に、たとえば地獄の責め苦にすらそこはかとない無常観が漂う『阿漕』に、この息苦しさはない。いや、無常観はまさに能のかたちから来ているのだろうか。いかに凄惨な物語であっても、もとより秘すれば花なり、秘せずば花なるべからずの能の基本が、地獄さえも心より心に伝ふる花にして見せてきただけのことなのか。いや、『阿漕』の絶望の深さはどう考えても花ではなく、むしろダンテの描いた地獄の亡者たちのそれに近いというべきだが、それでも彼らを裁く罪と罰の構造の苛烈さや、あいまいさのない神という絶対者を欠いている分、『阿漕』の海にはなおも人が息をつぐことのできる空気がわずかに残っているのだ。だから、シテは死相の色濃い河津の面より、死者がひととき甦ったように見える痩男の面をつけるのがいい。祖父がそう言っていたことの意味をいまごろ理解した思いで、男はちょっと誰かに話したくなる。

　しかしそのとき、瞼に浮かんできたのは一緒にアラン・ドロンの映画を観にいった女友だちの、はっきりした目鼻立ちもない薄い影で、ひとまず『阿漕』もダンテもお呼びではなかった。ねえ、映画どないやった？　私は昔の鉄の潜水服がなんや怖おうて、あんまり面白うなかったわ。いや、ぼくは面白かったで。そう？　どこが？　あの鉄の潜水服が沈んでゆくところ。いややわ、あんなもの——。その女友だちの声も顔もまたたく間に溶けだし、代わりにまた「じゆうらっか」というかすかな空耳がよぎり、消える。そして男は、今度は旧式の潜水服に似た第一次世界大戦のときの毒ガス用マスクを唐突に思い浮かべている。そんなものがどこから現れたのか数秒考え、そうだ、これも映画だったと思いだす。フランケンシュタインの映画を撮った実在の映画監督の晩年を描いた小難しい作品で、マジノ線かどこかの前線の幻覚が繰り返しあらわれるなか、主人公は思いを寄せる若い庭師に毒ガス用マスクを着けさせる。それからどうなったのか細かいことは忘れたが、男の記憶のなかではマスクを着けさせられた庭師の感じる息苦しさは、最後にプールで溺死する主人公の、死に至る息苦しさとつながっており、『冒険者たち』の海と重なり合っていままた混沌となる。

網膜に降りしきる雨の向こうに、精子が精液のなかを泳ぎ回っている映像を見せられた中学校の理科室が現れる。あれの呼吸はどないなってるんや、息してるんかと男子たちが騒ぎ、ミトコンドリアが細胞呼吸というエネルギー代謝をしてるんやと教師が得意そうに声を張り上げるなか、男はそこでも精子の受けている水圧や息苦しさの夢想をしている。おい、そこ！　またしょうもないこと考えとるやろ！　教師の声が飛ぶ。それからまた別の教室が現れ、国語の教師が板書をする。この鉤《つりばり》はおぼ鉤《ち》、すす鉤、まぢ鉤、うる鉤。記紀神話で、火照命《ほでりのみこと》の釣り鉤をなくした火遠理命《ほをりのみこと》が、妻である豊玉毘売命《とよたまびめのみこと》の父、海神から教わる呪詛の言葉。それにしても綿津《わたつ》見神宮《みのかみのみや》だの豊玉毘売命の海中での懐妊だの、神話の神々がまったくの水陸両生である理由も謎だが、こうして神や人が海と地上を行き来することの非現実が非現実でなくなる特異点はどこにあるのだろう。そんなことを考え続けた末に、そうか、現代人は水棲怪獣というかたちでこの難題をかわしたのだと思いついたりする。ゴジラシリーズのエビラや大ダコ、ウルトラQのガメロン、ウルトラセブンのガイロス。こら、よそ見するな！　授業中やぞ！

雨音のはざまからまた一瞬、「じゆうらっか」というつぶやきが漏れだし、あれはひなだと確信しながら、男はひとまず意識をそらせる。それにしても、幼いころからひなはよく落下した。幼稚園では立ちこぎをしていたブランコから、どういうわけか自分で空中へ飛び出してそのまま地面に落ち、額を五針縫う大けがをした。気管支喘息だったので水中を怖がってプールには入らなかったのに、中学校では体操服のままプールに落ちて溺れた。本を読みながら歩いていて、駅の階段から落ちたのは二度や三度ではない。一方、どこかで聞きかじったらしい自由落下という言葉にある時期、異様に固執していたことを担任の教師から聞いた記憶があるが、親は本人からその理由を聞きだす機会がないまま、いつしか本人のブームは過ぎてしまっていたのだった。そうだ、ブランコから自分で空中へ飛び出したとき、あるいは中学校のプールの底に沈んだとき、ひなは宇宙空間に飛び出した身体になり、大深度へ沈んでゆく身体になり、自由落下する幻想の身体感覚を身につけたのではないだろうか。そうだとしたら、それは気管支喘息の息苦しさと呼応する隠微な、あるいは苛烈な時間であったはずだ。ひなの「じゆうらっか」は、それこそ空気のない真空で、初速ゼロで始まる不可逆の落下運動だったに違いないと男は確信する。父親と違って、数十秒の呼吸停止から逆に生命の喜びを感じ取るような隠微さはない、まさに真っすぐに死に至るじゆうらっか。

それにしても、熊野路を閉ざす雨の下で輿中如海と書いた定家は、さほど息苦しさを感じていたようには見受けられない。舟遊びはしても泳ぎはしなかっただろう歌詠みには、水に溺れるという身体感覚自体がなかったのかもしれない。ひるがえって壇ノ浦で入水した平家の人びとのうち、唯一引き揚げられて生き延びた建礼門院徳子は、海中に没しようとする己が身体の断末魔の息苦しさを知っていたと思われる。平家物語の「六道之沙汰」の段に、大原に隠棲した建礼門院が、六歳の安徳天皇や、天皇を抱いて入水した二位の尼らの最期を後白河法皇に語るくだりがある。曰く、海に沈し《しずみ》御面影、目もくれ心も消《きえ》はてて、忘れんとすれ共、忘られず、忍ばんとすれ共しのばれず。そうして引き揚げられた建礼門院が囚われて京に送られる途中、ふとまどろんで見た夢には竜宮城が登場する。曰く、昔の内裏には、はるかにまさりたる所に、先帝をはじめ奉て、一門の公卿・殿上人みなゆゝしげなる礼儀にて侍《さぶら》ひしを、都を出て後、かゝるところはいまだ見ざりつるに、「是はいづくぞ」ととひ侍ひしかば、二位の尼と覚て、「竜宮城」と答へ侍ひし云々。一方、同じく大原に建礼門院を訪ねた右京大夫のよく知られた一首、今や夢昔や夢とまよはれていかに思へどうつゝとぞなきには、昔日の栄華への深い哀惜はあるが、もはや息苦しさの影はない。実に近くて遠い両名と言うべきか。言うなれば壇ノ浦で鉛直移動した建礼門院徳子と、どこまでも地上を水平移動する右京大夫と。

昔もいまも、人の視線は基本的には水平移動する。熊野路をゆく定家も、山々を仰ぎ、峠を越え、熊野灘の海を眺め、いくつもの社に参詣し、歌を詠み交わし、萱葺きの宿所で身体を休める間、その身体や精神はけっして鉛直方向に働くことはない。過去と未来、現世と来世、見えるものと見えないもの、我と他者、夢とうつつ、感情の移ろいなど、水平移動の視線はおよそ歌に詠まれる事柄のほとんどを網羅してなおも果てしなく広がってゆくが、ひるがえって鉛直方向の視線がゆき着くのはよくて大深度の海、もしくは何もない無限大の深宇宙しかない。途中に竜宮城が見えても、それは鉛直方向の視線にとってやがて海中へ消えてゆくほかない無の道標のようなものであり、道標の先には大小も前後もない、本ものの虚があるだけで、死すらない。もちろん生もない。ダンテが、自分は生も死も欠いていたと筆舌に尽くしがたい苦しみを謳うのは、ルシファーが閉じ込められている地獄の最下層でのことだったが、鉛直方向の視線はまさに、死んではいないが、生きているのでもない反自然の視線をもたらす。それに比べれば、職業歌人として折々に春夏秋冬、恋、旅、山家、名所、法文、感懐と水平移動する定家の視線はなんと穏やかで馥郁《ふくいく》としていることか。耽美を極めた技巧の底に人をからめとる毒や空虚が覗いていたとしても、鉛直の視線に比べれば何ほどのこともない。武士の世となった殺伐とした時代にあって、恵まれた殿上人として、純粋に言葉の美に生きた歌詠みとして、あるいは生来の篤信家として、定家が生涯、身の丈を越えた珍奇な夢想に耽ることなどなかったのは確かだ。

一方、男のほうは反自然を夢想する自身の非人間的な思考を一面では嫌悪し、否定して凡庸な人生を生きてきたはずなのに、ここへ来て、これまで折々に葬ってきたものと次々に再会するはめになっている。たとえば降りそぼつ雨は、低気圧がもたらす恒常的な息苦しさのためにこうして繰り返し呼び出され、息苦しさは海や水中の圧力の想起につながり、なにがしかの官能やありもしない死の予感を招き寄せる。そんな話を他人にしたことは一度もないが、いつの間にか娘が自分以上に奇怪な夢想を育んでいるらしいことが気になり、心療内科に駆け込んだら、親御さんも娘さんもえらい浮世離れしてはりますなあと言われた。大丈夫、娘さんがシュークリームをパクパク食べてはるうちは心配はいりまへん、と。アホな医者もいたものだ。それからもひなはあちこちで落下を繰り返し、大学三年の春、マンションの屋上から飛び降りた。五月病でも失恋でもない、ただ自分の身体で決然と自由落下を行ったのだ。

あのころ、空間が狭まってゆくのではなく、どこかへ向かって茫々と広がってゆくような雄大な視線があることを、自分はひなに話したのか、話さなかったのか。たとえば、誰もが知っている与謝蕪村の、五月雨や大河を前に家二軒。あるいは賀茂真淵の、しなのなるすがのあらのをとぶ鷲の、つばさもたわにふく嵐かな。

11

またあるときのことだ。男はどこからか湧き出してくる分厚い音の靄が、足下を愛撫するように包みこんでいるのを感じる。揺れ動く音程とピッチとリズムを孕んだそれは、数十もの管楽器や弦楽器の集まりから吐き出され、それぞれに呼吸するように細かく上下し、旋回し、ゆるやかに伸び上がるものもあれば、その場で振動し続けるものもある。そんなものが突如出現した理由を訝るより、男は自分の耳が存外に喜んでいることに驚き、知らぬ間に微笑んでいる。それにしても、ひと塊の半透明の靄となって中空に漂うのは、まさにいまから音楽になろうとする生まれたての音たちだった。いわば空気の振動以上、楽曲未満の音楽の発生現場。強いて言えば、開演前の舞台でフルオーケストラの全楽器が一斉に試奏を始めたとき、何もない虚空に湧き出し、広がってゆく音たちの煙幕がこれに近いだろうか。どの音も重なりあうことでくぐもり、溶け合い、ときに際立つ幾筋かの音もたちまち潰れて靄に返ってゆくが、それでもそれぞれに艶やかな音質をもつ楽器から吐き出される音たちの吐息は、十分な音楽の予感に満ち、生まれたての星が混沌の淵で輝きだそうとしているような緊張感が伝わってくる。

やわらかい協和音の響きではない、びりびりと際立った複雑な音の重なりから生まれだす未知の響きがあり、そこでは不協和音も不協和音ではない、単純な整数比で表される周波数の問題ではない、緊張と弛緩がひりひりと燃え立つような切迫感とともに入れ替わる音の靄の連続がある。耳をすませば、ほんの一瞬音楽が一筋の光芒を放って立ち上がり、次の瞬間再びただの音の渦に返り、また一瞬泡のように音楽が生まれる。そうだ、ここはたしかに音楽の発生現場だ——。男はこのところ経験したことのなかった新鮮な感動のため息をつく。

とはいえ、音楽にとくに造詣が深いわけではない男の五感では、たったいま耳にしたばかりの音楽の断片は、一方で一枚の画布いっぱいにぶちまけられた絵の具から不定形の色やかたちが立ち上がるための空間ベクトルになり、音と色とかたちの三つが、いよいよ混沌とした三次元の動く靄をつくってゆく。いまも管楽器と弦楽器の混然たる響きの塊が二回、小さく膨らんだ次の瞬間、ぶわんと大きく膨らんで三拍子が刻まれる。小さく小さく、大きく。小さく小さく、大きく。男もまた無意識に三拍子で呼吸し、音の靄はより音楽に近いピッチをつくり、空間を埋める色とかたちはそれぞれに伸びたり縮んだりしながらくるり、くるりと回り始める。

小さく小さく、大きく。小さく小さく小さく、大きく。
二、三度コンサートホールで本ものの演奏を聴いたことがある、ラヴェルのラ・ヴァルス。どういう事情でいつ誰と足を運んだのか、もう思いだせない一方、聴いたことのある分厚い音の塊が男の耳道を揺るがして流れ込んでくる。ウィンナ・ワルツとは似ても似つかぬ複雑怪奇な、泥に混じった石英がじわじわと輝きだすようなラ・ヴァルスの、フルオーケストラが傲然とスイングする雄大な三拍子が記憶の回路に噴き出してくる。それと同時に、三次元空間で混じり合う色も右へ左へとスイングし、いつの間にかワルツを踊る数十もの人の輪が出現して、さらにスイングする。小さく小さく、大きく。小さく小さく、大きく。
ああ、この造形や色調はルノワールか。昔から喫茶店の安っぽい複製画や年末のカレンダーでよく見かけた、有名なムーラン・ド・ラ・ギャレット。絵の具箱いっぱいの絵の具を賑やかに塗り重ねて描かれた人も広場も、男も女も、楽団が奏でる音楽と人びとのお喋りと嬌声に包まれて陽気にスイングし、広場を眺める画家の心身もスイングし、男の透明な身体もまたラ・ヴァルスとともにスイングする。小さく小さく、大きく。小さく小さく、大きく。

モンマルトルのダンスホール、ムーラン・ド・ラ・ギャレットはロートレックやピカソも描いているが、同じように呑んだり踊ったりする人びとの群れを描きながら、夜の歓楽になるともう誰もスイングしない。ひるがえって二次元の画布から三次元の音や色やかたちが立ち上がり、音楽が聞こえ、群れ集う人びとのさざめきが広がるのは、ルノワールのムーラン・ド・

ラ・ギャレットとブージヴァルのダンス、ドガの踊り子たち、あとはエドゥアール・マネのフォリー・ベルジェールのバーぐらいしか知らない。ふっくらした色白のバーメイドの後ろの鏡に映るミュージックホール、フォリー・ベルジェールもまたムーラン・ド・ラ・ギャレットと同じくありったけの色彩が詰め込まれ、そこから男女の混然とした話し声と音楽が沸き上がってくる。一緒にどこかの喫茶店のコーヒーの匂いも。

いったい色やかたちの躍動がワルツを生むのだろうか、あるいはワルツのスイングが世界を揺り動かすのだろうか。いや、これは表裏一体で、身体が躍動するとき、その身体を包み込む世界もまた躍動しているに違いない。男はブランコを漕ぐ子ども時分の身体や、メリーゴーランドで旋回する身体や、鉄棒の上で逆さになった身体を呼び戻し、自分を支点にして上下にスイングしたり、旋回したりする世界を体感しては、その場で確信する。そうだ、スイングする世界はこの内耳の蝸牛管《かぎゅうかん》を満たすリンパ液の微細な振動が生み出すのだ、と。ワルツを踊る身体こそが色やかたちや言葉を躍動させるのだ。

ワルツに限らない。能にも登場する『自然居士《じねんこじ》』は、各地で民衆に説法をしながら簓《ささら》を手に陽気に踊る。もとより鼓は波の音、寄せては岸をどうどは打ち、雨雲迷ふ鳴る神の、とどろとどろと鳴るときは、降りくる雨ははらはらはらと、小笹の竹の簓を摩り云々。芸尽くしの明るい現在能だ。また勧進興行で演じられる地獄劇では鬼面をつけた田楽法師が舞台狭しと立ち回り、舞い踊り、曲技を演じることもある。『太平記』の「田楽事付長講見物事」の段には、猿の面をつけた一座の小童の軽妙な踊りに興奮した貴賤の群衆が桟敷を揺るがし、倒壊させた話が出てくる。曰く、御幣を差上て、赤地の金襴の打懸に虎皮の連貫《つらぬき》を蹴開《ふみひら》き、小拍子に懸て、紅緑のそり橋を斜《ななめ》に踏《ふん》で出たりけるが、高欄に飛び上り、左へ回右へ曲《まはりめぐ》り、拋返《はねかへり》ては上りたる在様、誠に此世の者とは不見《みえず》、忽《たちまち》に山王神託して、此奇瑞を被示《しめさるる》かと、感興身にぞ余りける。これなどは、興奮する人びとと一緒に、桟敷がまさしく大波のように右へ左へとスイングしていたに違いない。いや、驚くような話ではない。天の岩戸の前で半裸で踊った天宇受賣命《あめのうずめのみこと》をはじめ、万葉の昔から男も女も老いも若きもよく踊り、歌ってきたではないか。後白河院は自ら今様を謡い、宮中の節会では殿上人たちが淵酔で乱舞し、宇津保物語では琴、夜の寝覚では琵琶が響き渡り、源氏物語の男君女君たちも事あるごとに奏楽、舞楽に耽った。田楽、申楽《さるがく》、御神楽、里神楽、催馬楽はいうまでもなく、法会も念仏も祭事も勧進興行もいたるところ賑やかな声と音曲に満ち満ちていた古代の風景は、内裏であれ市井であれ野良であれ、すみずみまで雑然混然として明るい。それにしても、ひなが笑い転げた新猿楽記のあの狂騒と、フォリー・ベルジェールやムーラン・ド・ラ・ギャレットの混沌のなんと似ていることか。

彼方の山背山、背山や背山。気がつけば、中世の洒脱な早歌の一句が耳道で跳ねている。揺すり上げよそそり上げ、そそり上げよ揺すり上げ、谷から行かば尾から行かむ、尾から行かば谷から行かむ、此れから行かば彼から行かむ、彼から行かば此から行かむ、そそり上げやそそり上げ、揺すり上げや揺すり上げ、彼方の山背山、背山や背山。こんな調子の歌謡が衆生と仏、念仏や声明と混じりあい、揺すりあい、中世の心身をスイングさせていたのだが、男はやがてそこから申楽や能が生まれる以前の、自由でおおらかな身体への思いにしばし胸が締めつけられる。それは男がもてなかったもの、知らなかったものであり、物心ついたときから生家で教えこまれてきたのはそれとは正反対の動かない身体、あらゆる動きを封じ込めた意識の化けもののような身体であったからだ。早々に能は捨てても、身体はその後も見えない縄で手足を縛られたように固まったまま、ついこの間まで男の首から下にぶら下がり続けてあり、実体を失ったいまも往時の不自由感は消えない。

　とはいえ、男はなおもふつふつと跳ねるような心地がし続ける。茨小木《うばらこぎ》の下にこそ、鼬《いたち》が笛吹き猿奏で、かい奏で、稲子《いなご》麿賞《まろめ》で拍子つく、さて蟋蟀《きりぎりす》は云々。バッタや蟋蟀が飛び跳ねているのは梁塵秘抄。鳥獣戯画では鼬が笛、猿が琵琶、兎が笙を吹く。ああ、こんなのもあった。頭《かうべ》に遊ぶは頭虱《かしらじらみ》、項《おなじ》の窪をぞ極《き》めて食ふ、櫛の歯より天降る、麻笥《をごけ》の蓋にて命《めい》終はる。男はひなと一緒に笑い転げた梁塵秘抄の一首を思いだし、夢の谷間でひとしきり大笑いする。げにやさば、とんとにさぞや、おぼえたるな。これは早歌だ。

　それから間もなく、今度は数十の分厚い声の層が立ち現れ、それは徐々に膨らんで阿弥陀経の読経になる。子どものころ、夏の終わりに祖父に連れられ、比叡山の大念仏で聴き入った僧侶たちの声の雲が運んでくる仏たちの名前。ちょうろーしゃーりーほつ、まーかーもくけんれん、まーかーかーしょう、まーかーかーせんねん、まーかーくーちーらー、りーはーたー、しゅーりーはんだーかー、なんだー、あーなんだー、らーごーらー、きょうぼんはーだい、びんずるはーらーだー、かーるーだい、まーかーこーひんなー、はーくーらー、あーぬるだー、にょーぜーとーしょーだいでーしー。平安の昔にはそうして阿弥陀経が唱えられている間、読経を邪魔する天狗を追い払うために、別の僧侶たちが昏い後戸《うしろど》の通路で飛んだり跳ねたりの天狗おどしの乱舞を演じたという話を祖父から聞いていた子どもは、いまかいまかと息を殺してそのときを待ったものだが、そういえば定家こそどこかで天狗おどしを見たのではないか。いや、あまり滑稽や洒脱を解したとは思えない歌詠みには、飛び跳ね踊り狂う異形の身体はありがたい念仏への没入を妨げる余計な出し物に映っただろうか。

しかし、ひたすら地を這い続ける重々しい阿弥陀経の音調も、時間とともに微細に上下するピッチの幅が耳のなかで増幅され、そうと分かる振幅をもって揺れ動き始めると、それはもうほとんど音楽の胎盤と言ってよい。あと少し振幅の幅が大きくなれば単音が二つに分裂し、音程が生まれ、それが次々に輪転しながら一定の波形で流れだす。何千年か前、読経の声はそうして音程とリズムをもった声明になり、最澄や空海がそれを日本に伝えたのだが、多いときには数十もの声で詠唱されるそれは、いつどこで聴いても煽情的なほどうつくしすぎ、三昧の無心とは相いれないように感じられるため、男はほんとうはあまり好きではない。

それでも、分厚く重なり合う声の響きが聴く者の蝸牛管のリンパ液に伝わり、なにがしかの振動が生まれるとき、知らぬ間に身体が振り子のように振れる感覚がやってくることがある。

実際に揺れるのではなく、身体の内側に振り子が入っているその感覚は、その場にいる人びとに次々に伝播し、揺れてはいないのに揺れている異様な時空をつくりだす。いわば宗教的陶酔と言ってもいいそれはまさにゆったりとスイングしながら、巨大な阿弥陀経の地虫となって常行堂から這い出し、山霧となって比叡山を駆け下る。ちょうろーしゃーりーほつ、まーかーもくけんれん、まーかーかーしょう、まーかーかーせんねん、まーかーくーちーらー、りーはーたー、しゅーりーはんだーかー、なんだー、あーなんだー、らーごーらー、きょうぼんはーだい、びんずるはーらーだー、かーるーだい、まーかーこーひんなー、はーくーらー、あーぬるだー。定家もどこかで天台の声明を聴いたことがあるはずだが、法文や釈教の歌がどれも心なしか乗りがいいのは偶然だろうか。あかねさす光は峯を照らせどもふもとに暗き山の朝霧。これやそれあまねくうるふ春雨におの〳〵まさるよものみどりは。法《のり》の花きくのあさつゆやどりきてもらすかひなき光をぞまつ。

いや、定家は法文を詠じながらも、その耳目はなおも歌人のものであり、今様が謡う仏法賛美の直截さのほうが信心の深さではるかに勝る。釈迦の月は隠れにき、慈氏《じし》の朝日はまだ遥か、そのほど長夜《ちゃうや》の闇《くら》きをば、法華経のみこそ照らいたまへ。あるいはまた、仏は常にいませども、現ならぬぞあはれなる、人の音せぬ暁に、ほのかに夢に見えたまふ、などなど。これらが文字ではなく声に出して朗々と謡われるとき、日常の言葉が幽玄なほどの磁力を帯びて一定の節とともにそり上がり、弧を描いて輪転し、ゆるゆると伸びたり縮んだりしながらあたりを法悦の振動で包み込む。言葉の意味よりも人の声が醸し出す豊饒な音の揺らぎと深みが、その場にいる者の心身を揺さぶるのだ。

十訓抄に、書写山の性空《しょうくう》上人が生身《しょうじん》の普賢を見奉るべきよし、という段がある。ある夜、上人は夢のお告げどおり遊女たちを束ねる長者を訪ねてゆくと、そこは遊宴乱舞の最中で、長者は鼓を打って乱拍子の次第をとっている。その詞に曰く、周防室積《すはうむらづみ》の中なる御手洗《みたらひ》に、風は吹かねどもささら浪立つ。その詞どおり、上人が眼を閉じると遊女がたちまち普賢菩薩に変じ、眼を開けるともとの遊女に戻る。眼を閉じている間だけ、井戸の水がささら浪立つように仏が現れるというありがたい話だが、生の声の豊かな響きに満たされた空間に、まさにささら浪立つように発心や随喜のこころが湧き出すのだろう。思えばそんな今様を自ら生涯をかけて謡い続けた後白河院の声は、どんな響きだったことか。

男はあらためて後白河院の声を聴きたくなる。そういえばこの果てしない夢の回廊のどこかで一、二度、院の姿を見かけたことを思いだしたが、あれはどこだっただろう。まだ二十歳にもならない青年定家も近くにいた記憶があるが、内裏の何かの節会か、院の五十歳の御賀か、あるいは多くの死者が入れ替わり立ち替わりしていたところからみて、いくつもの御遊が入り混じっていた幻だったのかもしれない。御簾越しに泰然とした後白河院の立ち姿があり、院は扇子をかざしながら、ゆらりゆらり声の舟を漕ぎだしてゆく。水面にゆるやかな抑揚の水紋が生まれ、ときおり光を反射しながら前後左右に波打つように広がって、ゆったりとスイングするそれは、声そのものよりある種の歓びの微熱、あるいは暖かな日差しの膨らみを男の耳に運んでくる。ああ、自分がもっと素直な人間だったなら、それこそささら浪立つように仏を感じ取るのかもしれない。大念仏からの帰り、どないやったと尋ねてきた祖父に、自分にはお念仏の魔術は効かへんと思うと答えた子どもは、老いてようやく後悔しているのだろうか。いや、それだけはありそうにない。

現役時代、夏の暑さから逃れて地裁に近い北御堂か南御堂で涼みがてら、善男善女のお念仏をよく聴いた。なーむあーみだーぶ、なーむあーみだーぶ、なーむあーみだーぶ。果てしなくゆらゆらと続いてゆくそれら南無阿弥陀仏の念仏も、本来の四拍子がやがて揺らぎ始め、三拍子とまではゆかずとも、吊り橋がかすかな傾斜とともに振れるようなポリリズムが現れる。なーむあーみだーぶ、なーむあーみだーぶ、なーむあーみだーぶ。東本願寺の十一月の報恩講で演じられる坂東曲《ばんどうぶし》念仏ではこれが、な・むあ・あーあ・みだ・あーあ、な・むあ・あーあ・みだ・あーあ、となる。何度か家族を連れていったことがあるが、僧侶たちは延々これを唱えながら連獅子の毛振りのように上体を右へ左へと、ぐるんぐるん旋回させる。大講堂いっぱいに繰り広げられるそれは波高い海原になり、善男善女は船酔いならぬ法悦酔いとなって、世界はぐるんぐるん回り続けるのだ。それに聴き入っているのは人間だけではない。梁塵秘抄には、極楽浄土の東門の桁《けた》に住むキリギリスがぎっちょん、ぎっちょん、念仏の衣を織るという今様もある。なーむあーみだーぶ、なーむあーみだーぶ、なーむあーみだーぶ。

男の耳道には、またしばしひときわ朗々と謡われる南無阿弥陀仏の念仏が響きわたる。能の『百萬《ひゃくまん》』で、わが子を探す狂女百萬が嵯峨野の大念仏に現れ、そこで唱える南無阿弥陀仏だ。シテの百萬と地謡が交互に唱えるそれは、本願寺のそれとは違って一音一音が一息の続く限りの長さに引き伸ばされ、その一音にそれぞれ声明に似た微細に上がり降りする節がつく。なぁあぁあぁあぁむあぁあぁあぁあぁみだぁあぁあぁあぁんぶ。なぁあぁあぁあぁむあぁあぁあぁみだぁあぁあぁあぁんぶ。祖父が謡うこの南無阿弥陀仏は、念仏というより絞れば血が滴るような叫びに近かった記憶がある。もとより信心と無縁だった祖父は、信心のない逆縁ながらわが子に逢わせてほしいと百萬が釈迦牟尼仏に手を合わせるのと同じく、血を吐くほどに何かしら願うことがあったに違いない。思えば謡の声や所作などの基本中の基本についてすら父と意見の合わなかった祖父は、無駄なく研ぎ澄まされた世阿弥の幽玄よりも、大振りの観阿弥の能のほうに惹かれていたに違いなく、それが証拠に祖父は観阿弥の作である『自然居士』を舞うときは人が変わったように悠々として楽しげだった。いや、惹かれていたというより、祖父は観阿弥になりたかったのかもしれない。事実、男は若いころ、世阿弥の『申楽談儀』で語られる観阿弥の姿が、まるで祖父のことを語っているようだと思ったが、すみずみに伝統を突き破りかねない破壊力が潜んでいた祖父の舞、あるいは奇行は十分にそうした想像に値するものだった。

談儀はいう。静が舞の能、嵯峨の大念仏の女物狂ひの能など、殊に名を得し、幽玄無上の風体なり、と花傳にもあり。上花《じやうくわ》にのぼりても山をくづし、中上《ちゆうじやう》にのぼりても山をくづし、又、下三位《げさんゐ》に下り、塵にも交はりしこと、たゞ観阿一人《いちにん》のみなり。住吉の遷宮の能などに、悪尉《あくぜう》に立烏帽子着、鹿杖《かせづゑ》に縋り、幕打ち上げ出でゝ、橋懸かりにて物いはれし勢ひより、論議いひかけ、又「紀《き》の有常が娘とあらはすは尉がひがごと」など、締めつくゝめつせられし、更に及びがたし。大男にていられしが、女能などには細々《ほそぼそ》となり、自然居士などに、黒髪着、高座に直られし、十二三ばかりに見ゆ云々。すなわち、かの『百萬』の原曲を舞い、芸位の高いものから低いものまで平易な能をこころがけ、謡の勢い、論議の謡いだし、言葉の詰め開きなど他の追随を許さなかった。大柄なのに女能ではほっそりとして見え、自然居士では十二、三の少年にも見えた、とか。いや、眼を引くのは次の鬼の能のくだりだ。曰く、融の大臣の能に、鬼になりて大臣を責むるといふ能に、ゆらりきゝとし大《おほき》になり、砕動風《さいどうふう》などには、ほろりと振りほどき振りほどきせられしなり。この鬼の舞い方については別の段に、拍子も同じものを他所にははらりと踏むを、ほろりと踏み、他所にはどうど踏むを、とうど踏む。砕動風鬼これなり云々とある。すなわち鬼には形鬼心人《きょうきしんにん》の砕動風鬼と、勢形心鬼《せいきょうしんき》の力動風鬼《りきどうふうき》の二つがあり、世阿弥は前者をよしとしていたのだが、文意から察するに、観阿弥の鬼は後者の力動風鬼だったのではないか。

　仮にそうだとすれば、観阿弥の鬼はそれこそ現代の誰も観たことのない凄まじい鬼だったことになるが、『融の大臣の能』もいまは散逸して誰も原型を知らない。今日演じられる『融』

は、生前の栄華を懐かしむ源融の妄執がひたすら静寂に儚く謡われるまったくの別ものだし、鬼も地獄も出てこない。むしろ京都で昔から有名なのは、源融が造営した広大な河原院が住む人もなく荒れはてたあと、そこに融の幽霊が出るという話で、今昔物語には「川原院融左大臣霊宇陀院見給語」、宇治拾遺には「河原院ニ融公ノ霊住ム事」があるほか、源氏が夕顔を連れ込んだ一夜の宿で物の怪が現れるのもその某の院だ。一方、『本朝文粋』や『扶桑略記』には融が地獄に落ちたことや、その救済のために宇多院が追善供養をした歴史的事実が記されているが、左大臣まで上り詰め、光源氏のモデルにもなった源融が地獄に落ちた理由はとんと定かでない。『本朝文粋』にある紀在昌《きのありまさ》の「宇多院為河原左相府没後修諷誦文」では河原院に現れた大臣の亡霊が「我在世之間。殺生為事。依其業報。堕於悪趣」と語り、『扶桑略記』では、殺生ではなく「不修諸善」により、同じく「堕於悪趣」と語るのみだ。とはいえ、地獄の責め苦は「剣林置身。鉄杵砕骨。楚毒至痛。不可具言」と具体的であり、『融の大臣の能』は地獄の鬼が融を呵責する悲痛な話だったと思われる。

そういえば、衆生にとって地獄がきわめてリアルだった時代の鬼の恐ろしさは、同じく観阿弥の作である『求塚《もとめづか》』で少女を苛む地獄の鬼の圧巻の迫力にも通じていただろう。『求塚』は、夢幻能というより罪のない少女が男二人に言い寄られたために地獄に堕ちる不条理劇で、主眼は地獄の苛烈さ、鬼の恐ろしさにあったとしか思えない無慈悲な姿をしている。たとえば鉄の鳥が剣のごとき嘴で少女の頭をつつき髄を食う。鬼に追われて火の柱に縋りつき、五体は熾火の黒煙となる。『本朝文粋』によれば、融の大臣も日々そんな呵責に遭い、亡霊となってその苦しみを吐露するのだが、火焔や剣林の地獄で融を追い立てる鬼はもちろん力動風鬼以外にない。はらりと踏み、どうど踏み、ゆらりゆらりききとして、まさに大きになり、舞台を覆う陰惨な巨影となって右へ左へ、ようようと揺らめいていたのではないか。

男の網膜に薄昏い紗のかかった舞台が現れる。獅噛の鬼面をつけ、鮮やかな金銀の厚板に法被、半切《はんぎり》を着けた大柄な鬼が、よく見れば床面からわずかに浮いているのだろうか、音もなく煙立つように浮遊し、こちらに迫って来るかと思えば退き、また接近しては退き、ゆらりゆらり行きかう振り子になり、旋回する円盤になる。この世のものではないその動きの周辺には、いつの間にかムーラン・ド・ラ・ギャレットを埋める数十ものワルツの輪がうっすらと浮かびあがり、はたまた隅のほうでは田楽一座の子役者が飛び跳ねているが、それらにもはや色はない。小さく小さく、大きく。小さく小さく、大きく。また鬼はときおりはらりと踏み、どうど踏み、背後に火焔の尾を引きながらゆらりゆらりと揺らめき立ち、声のない咆哮を発して虚空を震わせるが、そこにも色はない。すべてが墨絵のようで、いまにも灰となって崩れ去りそうなのはこれが墳墓の舞台であり、死者の観る幻想である証だ。

いや待て。あの夏の終わりの未明、能装束を着けて裏庭の納屋へ消えた祖父は、長絹を肩脱ぎにし、豪奢な大口を着けた後ろ姿から清経や通盛ら、修羅道に堕ちた公達の亡霊だと子どもはとっさに思い込んだのだが、ほんとうは亡霊ではなく、獅噛の面をつけた観阿弥の鬼だったのかもしれない――。そう思い至ったと同時に、男は突如、五歳の子どもに返って生家の薄暗い廊下に立っている。見れば突き当りの壁にかかっている獅嚙の面の、二つの眼の洞窟があかあかと燃えており、左右に裂けた口からこちらに向かって吐き出される咆哮のような吐息がある。子どもはそれを全身に浴びながら、こうなることはあらかじめ知っていたように、見る間に気体と化してごうと鬼の眼に吸い込まれる。

12

五歳の子どもは紺地に白い襟のついた幼稚園の制服を着て、ひとり、春まだ浅いなだらかな草地に立っている。見れば、大和三山を見わたす甘樫丘あたりのようだが、子ども自身はそうとは知らないはずだ。五歳のころはまだ大和平野も記紀神話も知らなかったし、もちろん一人で電車に乗ったこともない子どもが自分で訪ねていったはずもない。もっとも完全に未知のものが夢に現れることはないとすれば、始まりは昔祖父から聞いた、一生に一度だけ現れるという透明人間が子どもをそこへ誘ったか。ともあれ、物心ついたころから朝も夜も眺め続けた獅噛の面は、彼にとってさまざまな感情や物思いや夢想の噴出口であったと同時に、いつしか夢見の出入り口そのものになっていたということだ。そして、子どもはまるで自分の定めのようにそれを受け入れ、降り立った異界を彷徨し、目覚めてもなおしばらく夢の続きを追い続けて倦むことがなかった。とはいえ、子どもは五歳にしていったい何を探していたというのだろう。いや、自分が何を探しているのか知らないまま、あてもなく彷徨っていたというべきか。

それにしても、五歳のころに探していたものと、古希を過ぎてなお男が探し続けているものは同じなのか、違うのか。いまなお探しているものに出会っていない以上、そんな問いに意味はないが、夢と現の境もない長年の彷徨の果てに幾重にも上書きされ、更新されてきた記憶のおかげで、たとえば五歳の夢に出てきたのが甘樫丘だということは、男にはすぐにそうと分かる。そうしてもっとも古い夢の地層に現れるのは飛鳥京跡で、そこではたびたび皇極・斉明紀の板蓋宮《いたぶきのみや》や岡本宮、天武・持統紀の飛鳥浄御原宮をめぐり、またべつの年には三輪山のいくつもの磐座をめぐった後に、空を飛ぶ鬼になって大和三山や二上山や葛城山から大和平野を一望した。またあるときは、山の辺の道の崇神・景行天皇らの大王墓や前方後円墳をめぐりながら、古代の声に耳をすませたこともあった。そういえばそんな夢路のどこかで古墳を築く使役の丁《よほろ》たちの姿を見かけたのは自分だったか、それとも定家朝臣だったか。その定家はまた、かつて檜隈大内陵の盗掘の話を日記に聞き書きした夢を見、その縁だろう、あるときは皇子時代の吉野への逃避行を詠んだ天武の声を聴き、それが伝播したか、男もまた、み吉野の耳我の嶺に時なくそ雪は降りける云々の声を聴いた。

さらには、二人して近江路を埋め尽くした戦の壮絶を詠んだ人麻呂の声を聴き、幾つもの殯のさざめきを聴き、誄詞《るいし》を聴き、呪詛のような観音経や祓の祝詞を聴き、またあるとき定家は内裏の華やかな節会や歌会の声を、片や男は年中行事絵巻の賑やかな雑踏の声を聴いた。のろんじ。ひきひとまひ。でんがく。くぐつまはし。たうじゅつ。しなだま。りうご。やつだま。ひとりすまひ。とはいえ、そうしてときどきに耳に差し込んでくる古語やふることの響きに誘われ、古代の風景と一つになってたゆたう時間は、縛られるものもない自由というより、片足を見えない糸につながれていると言ったほうが正しかったし、その糸が依然として生家につながっていることに、五歳の子どもも古希を過ぎた男も半ば絶望し、半ば魅入られてきたのだった。そして、糸を手繰ってゆけば、そこにあるのは生家の稽古場、あるいは薄暗い廊下の突き当りにある獅噛の面だ。いや、ほんとうは、稽古場の床の間の父親の小面のほうが自分の眼をひそかに捉えて離さなかったのかもしれない。いま初めて男はそんな思いに駆られ、おい、そうなのか？　五歳の子どもに尋ねてみる。

そのとき子どもは、分かったような分からないような曖昧な顔をしただけだったが、物心ついたころ、年末に贔屓の呉服屋が置いていった新年のカレンダーの、大きな弥勒菩薩半跏思惟像を見たときの驚きは子どもの記憶にある。一瞬、稽古場の床の間の小面が乗り移ったかと思い、眼を見張ったとたん、半眼の菩薩がこちらに向かってニッと笑うのを見た。その微笑は冷たく薄い刃物になって子どもの眼球を撫で、眼を閉じても瞼の裏に張りついて消えず、そのまま眼球と一体化して視界の一部になった。一方、それと同時に父の小面もまた、言うなれば自分のほかには誰も知らない秘密の鬼をうちに隠した、あのガブと呼ばれる文楽人形の首となったのだ。

それにしても、なぜ鬼か。子どもは眼球が腫れるほど弥勒菩薩半跏思惟像の写真に見入り、周囲の大人に薄気味悪いと言われながら実物を所蔵する広隆寺にも幾度も足を運んだが、残念ながらいつかのように弥勒菩薩が笑うのを再び見ることはなかった。そのうちアルカイックスマイルという言葉があることも知ったが、カレンダーの写真で見た冷たく薄い刃物のような笑みとは別物だったし、子どもは自分だけの記憶と夢想のなかで、いつか見た弥勒菩薩の笑みと小面のそれを執拗に重ねながら、眼に見えない何かを見ていたに違いない。いまはそれが鬼だという気がするが、十代にはもう弥勒菩薩半跏思惟像への興味は消え去っていたので、男の物思いはそれ以上先へ進むことができない。かくして小面の下に潜り込んだ鬼は姿を見せないまま、ひそかに化石となって固化し、男自身が何十年も忘れていたところへ、いまふと五歳の子どもが呼び戻した恰好だ。呉服屋が置いていった弥勒菩薩半跏思惟像のカレンダーへ。当の仏像が朝鮮半島から伝来した飛鳥時代へ。そのころ蘇我氏が跋扈していた甘樫丘へ。眼には見えない鬼へ。なるほど、子どもを甘樫丘へ最初に誘った透明人間は、あの呉服屋だったか。

その後、風土記や記紀神話をひもとく年齢になった子どもは随所で鬼と呼ばれる〈もの〉に出会ったが、そのどれもが遠い時代の薄昏い靄の彼方に沈んでおり、見えるような見えないような朧《おぼろ》さのまま子どもの神経を宙づりにした。たとえば斉明紀の元年、夏五月の庚午《かのえうま》の朔《ついたち》に、青き油の笠を着て、葛城嶺《かつらぎのたけ》より馳せて胆駒山《いこまのやま》に隠れぬと記された竜に乗れる者、あるいは〈もの〉。唐人に似た貌をして、山の彼方に突如現れ、かき消えたその〈もの〉は、たんなる怪異以上の陰々とした余韻を残す。

またあるいは、相次ぐ土木事業で民を疲弊させながら、百済へ救援の兵を送る決断をした斉明天皇を覆うのは、半島へ出陣するための船の異変に、新たに遷《うつ》った朝倉 橘 広庭宮《あさくらのたちばなのひろにわのみや》の被雷や鬼火、多くの舎人や近侍の病死といった不幸の連鎖で、戦は必ず敗れることを予言した童謡として、いまでは解読不能の音韻が並べられる。まひらくつのくれつれをのへたをらふくのりかりがみわたとのりかみをのへたをらふくのりかりが甲子とわよとみをのへたをらふくのりかりが。なにがしかの意味が生まれることを完全に拒絶する音の集まりの不吉さは、それこそ〈もの〉そのものであり、天皇の周辺に出没する鬼のようでもある。

そして斉明紀七年、秋七月の甲午《きのえうま》の二十四日、天皇は朝倉宮で突如崩御し、翌八月、皇太子の中大兄皇子がその遺骸を磐瀬宮《いわせのみや》に移した日の夕のことだ。斉明紀には、朝倉山の上に鬼有りて、大笠を着て、喪《みも》の儀《よそほひ》を臨み視る。衆皆嗟怪《あやし》ぶ、と記される。朝倉山とは朝倉社のご神体である麻底良山《までらやま》を指すという注記のとおり、男は若いころ実際に訪ねていったこともある。なだらかな柿畑の斜面の背後に標高三百メートル足らずの山塊がたたずんでいるそこは、かの大笠を着た鬼の記述とともに千四百年のときを超えて血なまぐさい戦と呪詛と謀に満ちた時代の空気を運んでくるようだったが、その薄昏さの幾ばくかはまさに見えるようで見えない、かたちがあるようでない、鬼なるものの一語が孕んでいる底なしの闇が醸し出していたに違いない。

そういえば伊勢物語に登場する芥川の鬼も、一条戻橋や羅城門や宴《えん》の松原の鬼も、安達原の鬼もみな夜の深みに紛れて現れる。人びとは気配だけでそうと知るやいなや逃げ出すために、その姿かたちが鮮明になることはほとんどなく、角だの一つ目だの、丈八尺だの、漆黒の肌だの、想像を逞しくした姿がさまざまに語られてゆくのだが、一方でその傍らには、言葉で言い当てることができないためにけっしてかたちにならない深みがひっそりと取り残される。覗き込もうとしてもできない、その空白の部分もまた鬼と呼ばれるのであり、斉明紀の鬼はこちらに近い。学生時代に耽溺した馬場あき子の名著『鬼の研究』にあったとおり、堤中納言物語に登場する虫めづる姫君が「鬼と女とは人に見えぬぞよき」と呟く鬼もこちらだし、平兼盛がみちのくの安達原の黒塚に鬼こもれりと聞くはまことかと詠んだ鬼も然り。そして貴種たちの雅な血がひっそりと抱く鬼への息苦しい幻想が個々の胸の奥に埋もれてゆく一方、都を我が物顔に徘徊する鬼たちはやがて晴れやかな宮中行事に吸収され、鬼を追う賑々しい追儺《ついな》の声が京の大晦日の夜を沸き立たせるのだ。定家も詠んでいる。もろ人の儺《な》やらふ音に夜はふけてはげしき風に暮れはつる年。

とまれ子どもの知る限り、あの弥勒菩薩半跏思惟像の微笑の影に覗いた鬼らしきものの妖しさに勝るものはなく、そのつど視線は床の間の小面に引き戻されて、子どもには消化できない自分だけの秘密を抱え続けることになった。しかし当の小面も、その下に潜り込んだ鬼も、最終的に正体が明らかになったわけではなかったし、それこそチャンバラごっこと怪獣映画に夢中だった凡庸な子どもの身の丈にふさわしい、どうでもいい話に終わったのは精神衛生の面では仕合せなことだったかもしれない。さらに言えば、子どもがある時点で小面への興味を失ってしまったのは歳とともに深まってゆく父への嫌悪が原因だったが、おかげで小面をつけて舞う父の舞台をほとんど観なかったために、いつだったか伯母に父の演目のどれが一番好きかと尋ねられたとき、即答できなかったのも当然ではあった。

しかし男は、これで何かが腑に落ちたという心地にはなれない。こうして五歳の子どもに返ってまで、いままた生家につながった糸に引かれるようにして小面の面一枚に見入っているのはなぜか。子どものころには確かに父の舞台はほとんど観なかったが、成人してからは女友だちや妻を能楽堂へ連れていったし、数回に一回はいやでも父のシテと対面し、世間の言うとおり、この人の『羽衣』や『松風』は実に美そのものだと認めざるを得なかった。また、ただうつくしいだけなら二度目はないが、実際には父が引退するまで三十年以上も舞台に通い続けたのにはそれなりの理由があったはずだ。長年探し求めているものの一つはまさにそれのような気がするが、仮にそうだとしたらその理由は父の演じた演目、あるいは舞そのもののなかにあるだろう。そう思い至ったのはいつだったか、気がつけばかつて観た父の舞台を夢とも現ともつかないまま思い浮かべる時間が流れており、男は手も足もない、皮膚も内臓もない、欲望も感情もない、かの非有機的な器官なき身体となって、檜の床を滑る白足袋の足や、眼の前をよぎる小面や増女や般若の面をただ見つめているのだ。

　思えばそこは、あるはずの地謡の声も囃子の音曲もない夢幻の場であり、シテやツレの声もない、重力もない真空の三間四方の本舞台を、狂乱や妄執や恋心をうちに籠らせたシテの身体が、音もなく浮遊する。謡や詞章がなくとも決められた足運びと面の動き、扇と手と腕の動きの型だけで何が演じられているか分かるのが能なので、とくに不足も不自由もない。むしろ無尽蔵の思いの塊と化した沈黙の身体は、器からあふれる寸前の表面張力で保たれているような緊張に満ち、ふだんの感情とは違うシテ方の身体としての父に出会うことができる稀有な時間となる。

　たとえば質素な白水衣《しろみずごろも》姿の海人少女《あまおとめ》の亡霊、松風と村雨の小面は、さえざえと秋の月が照る海辺で営々と潮を汲む侘しさのうちに、在りし日の貴人との恋の執心を秘めて嫣然《えんぜん》と微笑む。詞章では二人は寂しげに泪にくれることになっており、シテの所作もそのとおりなのだが、松風を務める父の小面は泪にくれながらそっと喜悦の表情を浮かべる。本来は身分不相応の恋に溺れた自らの罪深さを嘆きつつ、なおも抑えられない恋の悲しみの表出があるべきところ、執心も狂乱も恋の身のうちとばかりに浮かべる笑みは、観る者の眼をひそかな驚きと戸惑いで抉るのだ。あってはならないところに漏れだす松風の笑みは、まさに鬼というべきか。さらに後段、女は旧跡の松を、思いを寄せる中納言在原行平その人と幻視し、小面のまま行平の形見の烏帽子と狩衣を身につけて舞うのだが、男の衣装をつけて舞う女の小面はまさしく男でも女でもなく、この世のものではない時空に歓喜の声なき声をまき散らしてゆく。そして観客はこれまで見たことがないうつくしさに眼を見張る傍ら、言葉にならない恐ろしさを感じ取り、そうとは明確に意識しないまま最後は魅入られる。

かの『羽衣』もそうだ。虚空に花降り音楽聞こえ、霊香四方《れいこうよも》に薫ずとされる天人の羽衣が春の三保の松原にたなびく。そこで漁夫が出会ったうつくしい天人曰く、月宮殿では自分たち天人が白衣《びゃくえ》と黒衣《こくえ》に分かれて月の満ち欠けを手伝っているが、ときに駿河へ降り立って舞うのであり、それがのちに東遊《あずまあそび》の駿河舞となったとか。天人が羽衣をつけて天界の舞曲を舞うと、雨に潤う花のような袖につれて妙なる天つ風が吹く。その、大空の緑の衣にも春立つ霞の衣にも見える裳裾を左右左《さゆうさ》、左右颯々《さつさつ》と翻して舞う忘我の舞台で、うつくしさのいや増す増女の面の表情一つにより、眩しい光の壁と暗黒がくるりくるりと入れ替わる。一拍は白衣の天人、一拍は黒衣の天人、あるいは面の左側が夜、右側が昼になり、いつの間にか魔術を見ているようなあらぬ心地がし始める。そしてそこには『松風』と同様、うっすらとした怖さが忍び込んでいるのだが、ひょっとしたら五歳の子どもが床の間の小面に見ていたのはこれではないか。弥勒菩薩半跏思惟像の薄笑いに見たのも然り。はっきりそうと言い当てることのできないまま、鬼を見ていたのではないか――。

いや、そうだとしたらどうだというのか。鬼がどうしたというのか。長い長い彷徨の果ての発見がこれか。実のところ、男はこれまで分からなかったことの核心部分がようやくあらわになったという思いもなく、しばらく驚きと失意が半々の曖昧な心地に包まれ、それにしてもどういうことだという自問とともにまた靄に返る。

いったい、これまで分からなかったこととは何か。たとえば木屋町の仕舞屋に囲われていた父の妾の顔？　それ以前に、自分は一度でもその顔をまともに見たことがあったのだろうか。いや、それだけは一度もなかったというのが正しい。自分が見たのは玄関のガラリ戸が閉まる直前、襖が開いていた座敷の奥で襦袢の腰ひも解く芸妓の後ろ姿だけであり、それも一度きりだったことを、そろそろ認めるときが来たと思う一方で、父への憎悪が妾の存在から来たのではないとすれば、真の発生源はどこか。幼い時期に、おまえはどこかで父の小面の裏に潜む鬼と遭遇したことがあったのか？　しかし、いつ、どこで？

うないおとめ？　この人がそう言ったのなら、意識があったということ？　まあ、救急隊員がそう聞いたというんですが、空耳ですかね。旦那さん、私の声が聞こえますか？　気道確保と補液！　ＣＴ準備！　骨盤と胸部に骨折。腹腔内に出血。外傷性ショックですな。氏名も年齢も分からない？　旦那さん、私の声が聞こえますか？　バイタル低下！　ＣＴ急いで。

女の名はうないおとめ。二人の男はその求婚者。万葉集の高橋連虫麿《たかはしのむらじむしまろ》の長歌では、女の家の外に垣根をつくるほど押し寄せていた求婚者たちのなかで、とくに焼太刀《やきたち》の手柄《たかみ》押しねり、白檀弓《しらまゆみ》靫《ゆき》取り負ひて、水に入り、火にも入らむと立ち向ひ、競ひしがその二人だった由。長歌では、うないおとめは賤しきわがゆゑ大夫《ますらを》の争ふ見れば、生けりとも逢ふべくあれや、ししくしろ黄泉《よみ》に待たむと母に語って自死し、能の『求塚』では、あなたへ靡《なび》かばこなたの恨みとなるべければと思ひ侘び、生田の川に身投げをしたと語られる。すると男二人も絶望のあまり刺し違えて死に、そのことがまたうないおとめの咎となって、おとめは地獄の鬼の責め苦に苦しみ果てることになる。

　しかし実を言えば、いにしえの男女の哀しい運命に泪する生田川伝説や万葉集の長歌と違って、観阿弥の『求塚』はどこかしら言うに言われぬ怖さを孕む。怖いのは地獄の鬼ではなく、死相の色濃い痩女の面をつけた後ジテでもない。白無地の水衣に小面をつけた菜摘女の姿で登場する前シテの、若くうつくしいおとめのどこかにそれは潜んでいるのだが、おまえがそれに気づいたのは正確にいつだったのか。社会人になってからか？　いや、違う。十歳になるかならないかのころ、何かの偶然で訪れた能楽堂で父の舞う『求塚』を観たときではなかったか。そうだ、そのとき子どもは初めて父の小面に潜む鬼をはっきりそれと認めたのかもしれない。清冽な早春の野で菜を摘むうつくしいうないおとめの小面が、ふいにあの弥勒菩薩半跏思惟像の横顔と重なって見えた瞬間、ふっと鬼が顔をだし、子どもは息を呑んだ。それは、うないおとめの霊が旅の僧を呼び止めて求塚の哀しい謂われを語るくだりのことで、およそ微笑みとは対極の、自らと二人の男の凄惨な悲劇を語りながら、女は奇怪な笑みを浮かべる。これ以上はない自らの若さとうつくしさを誇るようなそれは、求婚者たちに向けられたものか、求塚の伝説に泪する他愛ない人びとに向けられたものか。いずれにしろ、自分のうつくしさの何たるかなど知りもしない究極の無垢の凄みこそ、鬼そのものだ。そして多くの人は父の小面の下に覗く鬼に気づかないまでも、そこはかとない怖さを感じ取り、それこそが父の『求塚』を、ほかに類を見ない緊張と美の極致にしていた当のものだったのは確かだ。

父の小面自体に何か特別な秘密はあったか。いや、無い。金春宗家に伝わった江戸時代の面を現代の能面師が写したレプリカで、一枚数十万もしない。それでも左右のバランスを微妙に崩した非対称のうつくしさは華麗で妖しく、父がそれをかけると瞬時にうないおとめになり、『井筒』の女になり、『江口』の遊女になった。そうして小面を女にし、鬼にするのは父がその全身に籠めた艶なる情念のほかにはなく、それを刻々と表出させる所作のありようが秘密といえば秘密であるだけだ。なるほど、父は生前囲っていた女たちに鬼を見ていたというより、鬼を見るために女たちを囲っていたとも言えるか。そうして息をするように小面の下で微笑み、息をするように鬼を生み続け、誰にも真似のできない〈もの〉となってみせた。祖父に流れていた狂気が観阿弥のそれなら、父の狂気は世阿弥の優美さを毒入りにしたと言ってもよいが、そうだ、祖父の獅嚙と父の小面にひそむ鬼のどちらに惹かれたかと言えば、おまえがほんとうに瞠目したのは後者だったのだろう。シテ方の父の非人間的なうつくしさを発見したとき、魂を抜かれた子どもは、父を否定することで必死に逃走を図ったのだろう。それで、おまえは逃げおおせたのか？

男はしばし陰々と虚空に響く父の声に耳を傾け続ける。昔このところにうないおとめと申しし者の塚なり、ささだおのこ、ちぬのますらお、同じ日の同じときわりなき思ひの玉章《たまづさ》を通はす、あなたへ靡かばこなたの恨みとなるべければ、左右《さう》なく靡くことなかりしに、さまざまの争ひをせしかども、その勝ち負けもなかりしに、あの生田の鴛鴦《をしどり》をさへ、ふたりの矢先ひとつの翼に当たりしかば、そのときわらは思ふやう、無慚やな——。無慚といえば、源氏物語の『葵』の帖に、身一つの憂き嘆きよりほかに、人をあしかれなど思ふ心もなけれど、物思ひにあくがるなる魂はさもやあらむとおぼし知らるると語られる六条御息所がいる。能の『葵上』では、生霊となった御息所は、それ娑婆《しやば》電光《でんこう》の境には、恨むべき人もなく、悲しむべき身もあらざるに、いつさて浮かれ初めつらん。白目と歯に金泥を施した妖しい泥眼《でいがん》の面をかけた前シテは、父にかかれば気高い美女と虚ろな魂の抜け殻が一拍毎に入れ替わり、後ジテの般若よりも恐ろしい蒼白な鬼がそこにいた。

男はいま、長年想像していたよりはるかに曖昧な心地とともにこの結末を迎えている。何もなさず何の役にも立たない長い彷徨の果てに転がっていたものを、いまはもう、あえて言い当てることもしない。たぶん、何であれ十分に生きたあとでは、ひとまずすべての荷を下ろして空っぽになるのが望ましく思えるということだろう。かの歌詠みも後年は技巧を離れた。思えば、生々しい言葉の力に満ちた万葉の歌にはついに届かず、もはや古今・新古今にもそれほどこころが動かなくなった老いの果てに、用なき言葉で満杯になった己の人生を、ひとまず空っぽにしたい衝動に駆られたこともあったことだろう。

男はひとつ深呼吸をする。長い間見ていなかった、くっきりとした気持ちのよい大眺望が眼の前いっぱいに開けてゆく。もう言葉は要らない。ふきはらふもみぢのうへの霧はれて峯たしかなる嵐山哉。

初出

「新潮」二〇二一年四月号、七月号、十一月号、二〇二二年一月号、五月号、七月号、九月号、十一月号、二〇二三年三月号、六月号、八月号、十一月号、二〇二四年一月号、七月号

（単行本化にあたり、加筆・修正を施した）

装画　高屋永遠「水面の春」（部分）

墳墓記《ふんぼき》

発　行　2025年3月25日

著　者　髙村《たかむら》　薫《かおる》

発行者　佐藤隆信

発行所　株式会社新潮社

〒162-8711　東京都新宿区矢来町71

電話　編集部　03-3266-5411

読者係　03-3266-5111

https://www.shinchosha.co.jp

装　幀　新潮社装幀室

印刷所　株式会社精興社

製本所　加藤製本株式会社

乱丁・落丁本は、ご面倒ですが小社読者係宛お送り下さい。
送料小社負担にてお取替えいたします。
価格はカバーに表示してあります。
ISBN 978-4-10-378411-1 C0093